R. L. STINE

DER ANRUF

Roman

Aus dem Amerikanischen
von Barbara Radke

WILHELM HEYNE VERLAG
MÜNCHEN

HEYNE ALLGEMEINE REIHE
Nr. 01/13389

Titel der Originalausgabe
BLIND DATE

Umwelthinweis:
Dieses Buch wurde auf
chlor- und säurefreiem Papier gedruckt.

Redaktion: Gisela Klemt/lüra – Service für Verlag

Deutsche Erstausgabe 08/2001

Published by arrangement with Scholastic Inc.

Printed in Germany 2001
Umschlagillustration: Joe DeVito/Agentur Schlück
Umschlaggestaltung: Hauptmann und Kampa Werbeagentur, CH-Zug
Satz: (3575) IBV Satz- und Datentechnik GmbH, Berlin
Druck und Bindung: Elsnerdruck, Berlin

ISBN 3-453-18993-0

http://www.heyne.de

Ich bin dein Blind Date

Das Telefon klingelte.

Ein zweites Klingeln …

Ein drittes Klingeln.

Kerry stöhnte und hievte sich schwerfällig hoch. Er ging hinüber zu dem niedrigen Tresen, den er als Schreibtisch benutzte, und tastete im Dunkeln nach dem Telefon.

»Hallo.« Es war eine weibliche Stimme. »Ist da Kerry?«

Er räusperte sich. »Ja, der bin ich.«

»Hi, Kerry.« Sie hatte die aufregendste Stimme, die er je gehört hatte. »Ich bin dein Blind Date.«

Kapitel 1

Als Kerry das furchtbare Krachen des splitternden Knochens hörte, dachte er im ersten Moment, es sei sein eigener. Er schloss die Augen und biss in Erwartung der Schmerzen die Zähne zusammen.

Er holte tief Luft und vergrub sein Gesicht im nassen Gras. Trotz des Hämmerns in seinen Ohren konnte er den Singsang der Cheerleader hören, die am anderen Ende des Stadions übten. »GIB MIR EIN P! GIB MIR EIN A! GIB MIR EIN N! ...«

Gib mir einen *Knochenbruch*, dachte Kerry.

Dann begriff er, dass ihm gar nichts weh tat. *Jemand anders* schrie vor Schmerzen.

Jemand direkt unter Kerry schrie vor Schmerzen.

Starke Hände griffen nach seinen Schulterpolstern und zogen ihn auf die Füße. Kurz darauf gab ihm jemand von hinten einen heftigen Stoß. »Das war ein ganz mieses Ding, Kerry!«

Wieder wurde er geschubst. Verwirrt taumelte er ein Stück vorwärts, stolperte und landete neben dem am Boden liegenden Spieler. Dieser schrie wie verrückt vor Schmerzen, die Augen fest zusammengekniffen und den Mund zu einem schiefen O verzerrt. Er lag auf dem Rücken, ein Knie aufgestellt und den Unterschenkel in einem Winkel verdreht, in dem sich Unterschenkel normalerweise nicht verdrehen.

Das passiert jetzt nicht wirklich, sagte Kerry zu sich selbst und hämmerte mit beiden Händen gegen seinen Schutzhelm. Ich habe doch gerade nicht etwa Sal Murdochs Bein gebrochen? Das kann nicht sein. Bitte lass es nicht wahr sein!

Kerry versuchte, auf die Füße zu kommen. Wieder versetzte ihm jemand einen Stoß. »Hau bloß ab, Angeber. Hast du nicht schon genug Mist gebaut?«

Die Nummer 88, Wilson, holte aus. Seine Faust verfehlte ihr Ziel, aber Kerry wich vor Schreck zurück, strauchelte über ein ausgestrecktes Bein und fiel erneut zu Boden. »Sal lag schon unten!«, brüllte Wilson, der sich bedrohlich über ihm aufrichtete. »Und trotzdem bist du auf ihn draufgesprungen!«

»Schluss jetzt! Hört endlich auf!«, schrie Stevens, der Trainer, und stellte sich zwischen Kerry und Wilson.

»Es war keine Absicht«, sagte Kerry. »Ich konnte nicht mehr schnell genug abbremsen.«

Wilson rammte vor Zorn seine Fußspitze in den Rasen, so dass ein Klumpen Dreck auf Kerrys Trikot landete.

»Wilson, hör auf, habe ich gesagt!«, brüllte der Trainer. Mit seinen kleinen roten Händen versuchte er, den riesigen Fullback an den Schulterpolstern zurückzuhalten.

Wilson ignorierte den kleinen Mann. »Du warst nur die Nummer zwei!«, schrie er Kerry an. »Auf die Art wolltest du wohl Nummer eins werden!« Angewidert drehte er sich weg.

»Das ist nicht wahr!«, rief Kerry mit brüchiger Stimme hinter ihm her.

Es konnte gar nicht wahr sein. Wie hätte Kerry jemals mit Sal Murdoch konkurrieren können? In seinem zweiten Studienjahr war Sal auch im Länderteam gewesen. Die Zeitschrift *Sports Illustrated* hatte ihn zum besten Highschool-Quarterback des Jahres gekürt. Er hatte schon einmal eine Saison bei den Pantern gespielt und dafür gesorgt, dass sie Landesmeister wurden. Jetzt hofften alle, dass er es dieses Jahr wiederholen würde.

Kerry selbst spielte dafür, dass er nicht besonders groß war, ganz gut. Aber im Unterschied zu seinen Mannschaftskameraden war er nicht vom Football besessen. Für ihn war es nur ein Spiel, nicht mehr. Wenn sein Vater nicht darauf bestanden hätte – und wenn Donald nicht einer der größten Football-Stars der Schule gewesen wäre –, wäre er vielleicht nie zum Footballspielen gekommen.

Und jetzt war Kerry schuld, dass Sal mit einem gebrochenen Bein auf dem Boden lag, umgeben von seinen aufgebrachten Mannschaftskameraden, die verständnislos die Köpfe schüttelten und ihre Schutzhelme auf den Boden schleuderten. Alle glaubten, dass Kerry es absichtlich getan hatte, um Sal auszubooten.

Kerry spürte einen harten Schlag auf seinem linken Schulterpolster. Unwillkürlich duckte er sich, um einen neuen Angriff abzuwehren, aber es war nur sein Freund Josh Goodwin, der Backup Punter. »Sieht ganz so aus, als wär das heute nicht dein Tag«, sagte Josh.

»Es war ein Unfall«, antwortete Kerry. »Warum glaubt mir bloß keiner?«

»Du hast eben ein unehrliches Gesicht«, behauptete Josh. Er grinste und seine kleinen schwarzen Augen blitzten über seiner dicken Knollennase auf. Ein bisschen ähnelte er dem Tucan auf der Froot Loops-Packung.

»Warum musste es nur ausgerechnet Sal sein?«, fragte Josh. »Konntest du nicht auf irgendjemand anderes fallen – eine von den Cheerleaders oder so? Wie wär's zum Beispiel mit Linda Miles da drüben? Ich persönlich hätte nichts dagegen, auf sie zu fallen!«

Kerry sah, dass sein Trainer zur Sporthalle rannte, um einen Krankenwagen zu rufen. »Das ist kein Witz, Josh. Was soll ich nur machen?«

Josh zuckte mit den Schultern. »Keine Ahnung. Vielleicht solltest du besser Minigolf anstatt Football spielen?«

»Wahrscheinlich würde ich dann beim Ausholen mit dem Schläger meinen Gegner treffen.« Kerry schüttelte niedergeschlagen den Kopf und ging auf die Gruppe Spieler zu, die um Sal herumstanden.

Aber O'Brien und Malick, zwei Spieler, mit denen er sich eigentlich immer ganz gut verstanden hatte, stellten sich ihm in den Weg. »Hau bloß ab, Hart«, drohte O'Brien.

»Es war ein Unfall«, wiederholte Kerry.

»Es war ein Unfall, dass deine Eltern dich gekriegt haben!«, brüllte Malick.

»Hau ab, Hart«, sagte O'Brien erneut und gab ihm einen harten Schlag gegen den Brustpanzer. »Du bist hier überflüssig.«

»Du bist erledigt!«, ergänzte Malick.

Was dann folgte, kam ihm vor wie ein Albtraum. Plötzlich war er umringt von zornigen Stimmen, die Spieler schubsten ihn zwischen sich hin und her und schleuderten ihm Drohungen ins Gesicht. Warum hörte ihm bloß keiner richtig zu?

»Was ist passiert? Was ist mit Sal los?« Es war Sharon Spinner, Sals Freundin, die an der Spitze der anderen Cheerleaders herübergerannt kam.

»Kerry Hart hat Sal das Bein gebrochen«, erzählte O'Brien ihr.

Sharon schrie auf und trat wütend auf Kerry zu. Ihr Gesicht schien zu brennen und ihr normalerweise perfekt frisiertes blondes Haar umgab es wie lodernde Flammen. »Ist das wahr? Wie *konntest* du das nur tun?!«, brüllte sie Kerry ins Gesicht.

»Ich habe es doch gar nicht –«, begann Kerry, aber als er den rasenden Ausdruck in ihrem Gesicht sah, war ihm klar, dass sie ihm gar nicht zuhörte.

»Was soll jetzt aus seinem Football-Stipendium werden?«, schrie Sharon weiter. »Was ist mit seiner Karriere? Wie soll er denn jetzt aufs College gehen? Wie *konntest* du nur?!«

Ohne Kerrys Antwort abzuwarten, drehte sie sich um und wandte sich dem am Boden liegenden Sal zu. Dabei stolperte sie über die Ecke der Plane, mit der sie ihn zugedeckt hatten, damit er warm blieb, und landete quer über Sals Brustkorb.

»O mein Gott!«, kreischte sie. »Er ist tot! Er ist *tot*!«

Kerry rang nach Atem. Alles um ihn herum wurde weiß.

»Nein, ist er nicht«, sage einer der anderen Spieler. »Bleib cool, Sharon. Er ist nur ohnmächtig geworden, vielleicht von dem Schock.«

Kerry holte tief Luft. Die Farben kehrten zurück.

»Du hast sein Leben ruiniert! *Ruiniert*!« Kerry bemerkte, dass Sharon ihn wieder anschrie. »Football ist das Einzige, was ihm wirklich etwas bedeutet. Jetzt wird er nie wieder spielen können!«

»Der Krankenwagen ist auf dem Weg!«, rief Stevens, der von der Sporthalle her quer über das Spielfeld auf sie zugelaufen kam. Die Pfeife, die er stets um den Hals trug, schwang wild hin und her, und man konnte sehen, wie sein dicker Bauch unter dem grauen Sweatshirt auf- und niederwogte. »Okay, Leute, geht euch umziehen. Schluss mit den Streitereien.«

»Schluss mit der *Saison*«, murmelte einer der Spieler.

»Wer war das?«, brüllte der Trainer, der nach seinem Spurt immer noch außer Atem war. Offensichtlich konnte er sich nur mit Mühe beherrschen. »Geht euch jetzt einfach umziehen«, sagte er kopfschüttelnd. »Und, Hart – warte in meinem Büro auf mich, okay?« Er warf Kerry einen finsteren Blick zu.

»O Mann«, sagte Kerry zu Josh. »Was, glaubst du, was er vor hat?«

Josh zuckte die Achseln. »Vermutlich wird er dich nicht gerade zum Teamchef befördern.«

Kerrys Mannschaftskameraden trabten langsam hinüber zu den Umkleidekabinen. Einige von ihnen drohten mit der Faust, als sie an ihm vorbeikamen.

»Du bist erledigt, Hart«, sagte erneut jemand. Die meisten würdigten ihn allerdings keines Blickes.

Kerry machte sich auf den Weg zum Büro des Trainers, das neben dem Schulgebäude lag. Die Sonne ging bereits hinter den Hügeln unter, und die Mauern warfen lange Schatten auf das Footballfeld. Die kühle Luft ließ Kerry frösteln. Er stellte fest, dass er schweißgebadet war. Als er vor der Tür zum Büro des Trainers ankam, sah er gerade noch, wie der Krankenwagen mit Blaulicht und Sirene um die Ecke bog und auf den Schulparkplatz fuhr. Kerry schauderte erneut und ging hinein.

In dem kleinen Raum hing jener Geruch, der für ein Trainerbüro so typisch ist – eine Mischung aus Sportsocken und Wundsalbe. Die einzige Lichtquelle war ein zur Tischlampe umfunktionierter silberner Football-Pokal, der mitten auf dem unordentlichen Schreibtisch des Trainers stand.

Kerry warf einen Blick in den Spiegel und wischte mit dem Handrücken eine Dreckspur von seiner Wange. Er strich sich über das braune, gewellte Haar und versuchte es notdürftig in Ordnung zu bringen.

Seit dem Tag, als ein fremdes Mädchen ihn im Einkaufszentrum angesprochen hatte, ob er Ralph Macchio sei, der Typ aus *Karate Kid*, legte Kerry etwas mehr Wert auf sein Äußeres. Mit seinem dunklen Haar und den klaren, dunklen Gesichtszügen sah er Ralph Macchio tatsächlich sehr ähnlich. Allerdings besaß er nicht annähernd das Selbstvertrauen, das der Schauspieler stets ausstrahlte.

Die rückseitige Wand des Büros war bedeckt mit Fotografien der Football-Mannschaften, die Stevens in den letzten zwanzig Jahren als Trainer betreut hatte. Kerry ging zu der Wand hinüber und starrte auf die Fotos. Er schaute ins Leere, und die grauen Gesichter verschwammen vor seinen Augen. Trotzdem blieb sein Blick unwillkürlich an einem der Spieler hängen.

»Ich sehe dich. Ich weiß, dass du da bist«, sagte Kerry laut.

Er starrte auf Donalds Gesicht. Donald, in beiden Armen einen anderen Spieler haltend, grinste Kerry an. Donald, der Champion, Donald, der Star ... mit der Nummer 11 auf dem Trikot.

Kerry schaute an sich hinunter und runzelte unwillkürlich die Stirn. Warum hatte er ausgerechnet ebenfalls die Nummer 11 ausgesucht? Warum hatte er die frühere Nummer seines Bruders gewählt? Etwa, weil er versuchte, *alles* zu tun, was Donald tat, alles zu sein, was Donald war? Warum trug er überhaupt ein Footballtrikot? Nur weil Donald eines getragen hatte?

Kerry wandte sich von der Fotowand ab und setzte sich auf den Klappstuhl, der vor dem Schreibtisch des Trainers stand. Er versuchte, an nichts zu denken und konzentrierte sich auf das Warten.

Ungefähr zehn Minuten später öffnete sich die Tür. Ein heller Lichtstrahl fiel vom Flur in das Büro und ließ Kerry hochschrecken. Der Trainer kam herein und nickte in Kerrys Richtung, ohne ihn dabei wirklich anzusehen. Sein Gesicht zuckte vor nervöser Anspannung, und seine Wangen waren hochrot. Er begann, unruhig in dem kleinen Raum auf und ab zu gehen.

»Wie geht's Sal?«, fragte Kerry.

Stevens hielt inne. »Nicht gut«, antwortete er stirnrunzelnd. »Mir gefällt nicht, dass er noch immer nicht wieder bei Bewusstsein ist. Vielleicht ist es nur der Schock. Aber mir gefällt das überhaupt nicht.«

»Es war keine Absicht, wirklich«, setzte Kerry an. Er wollte alles erklären, aber der Trainer hob abwehrend seine dicke Hand.

»Natürlich war es ein Unfall«, sagte er und schaute Kerry endlich an. »Selbstverständlich nehme ich nicht an, dass einer meiner Jungs absichtlich einen anderen von meinen Jungs verletzt. Schon gar nicht, wenn es sich dabei um Donalds jüngeren Bruder handelt.«

Wieder Donald.

Doch dieses Mal machte es Kerry nichts aus. Soll er so viel über Donald reden, wie er will, solange er mir nur glaubt, dachte er.

Der Trainer begann erneut auf und ab zu wandern, und sein Gesicht zuckte immer noch. Es fiel ihm offensichtlich nicht leicht, die richtigen Worte zu finden. »Kerry«, sagte er schließlich, »ich weiß, dass dir im letzten Jahr eine Menge schlimmer Dinge passiert sind ...«

Kerry verschlug es vor Überraschung die Sprache. Niemand hatte je über das gesprochen, was vorgefallen war. Weder sein Dad, noch sein jüngerer Bruder Sean, auch Josh nicht oder einer seiner anderen Freunde. Deshalb war es wie ein Schock, als Stevens die Tragödie so selbstverständlich erwähnte, und sein Herz begann heftig zu pochen.

»Das macht es nur noch schwerer für mich«, fuhr sein Trainer fort und machte drei Schritte in die eine Richtung und dann drei Schritte in die andere. »Du musst die Mannschaft verlassen. Du kannst nicht weiter für die Panter spielen.«

»Aber es war doch ein Unfall«, protestierte Kerry.

»Das spielt keine Rolle. Die anderen Spieler glauben,

dass es Absicht war. Sie werden dich nicht mehr als Quarterback akzeptieren. Die meisten von ihnen würden dir am liebsten den Hals umdrehen.«

»Und wenn ich in der Mannschaft bleiben würde und –«

Der Trainer stützte sich mit den Fäusten auf der Schreibtischplatte ab, beugte sich nach vorn und blickte Kerry direkt in die Augen. »Wenn ich dich in der Mannschaft ließe, wärst du ein moralisches Problem. Es tut mir Leid, Kerry. Das war's. Es ist vorbei für dich. Du solltest am besten gleich deinen Spind ausräumen.«

Kerry saß da und starrte die Wand mit den Fotografien an. Die schwarz-weißen Gesichter der Spieler vergangener Zeiten lächelten ihm zu. Er versuchte, das Foto mit Donald zu ignorieren, aber seine Augen blieben von ganz allein an ihm hängen. Kerry stand auf, nickte dem Trainer zu und ging zur Tür. »Und ich habe jetzt die undankbare Aufgabe, Sals Eltern anzurufen«, sagte Stevens, während Kerry die Tür hinter sich schloss.

Er brauchte nicht lange, um seinen Spind auszuräumen. Als er die Sporthalle verließ, entdeckte er Josh, der auf dem Parkplatz auf ihn wartete. »Ich dachte, du würdest vielleicht gern mit nach Hause fahren«, sagte Josh.

»Hast du einen Wagen?«, fragte Kerry.

»Nein«, antwortete Josh, »aber schließlich zählt der Gedanke, oder?«

Sie gingen an der High School vorbei und die von Bäumen gesäumte Straße hinauf. Es wehte ein scharfer Wind, ein erster Vorbote des Herbstes. Ein schmales, orangefarbenes Band aus Sonnenlicht lag über den Umrissen der sanft abfallenden Hügel. Josh und Kerry machten sich durch die schattigen Straßen auf den Weg zu Joshs Haus. Es lag nur zwei Häuserblocks von der

Schule entfernt, ein weitläufiges Gebäude auf einem von einer Hecke umgebenen Rasengrundstück. Kerry lebte oben in den Hügeln in einem bescheidenen Zweifamilienhaus, in einem Wohngebiet, das nie zu Ende erschlossen worden war.

»Ich begleite dich nach Hause und nehme dann den Bus«, sagte Kerry und rückte seine Schulterpolster gerade.

»Und, was ist passiert?«, fragte Josh. »Hast du eine Lektion erhalten, warum man einem Quarterback nicht das Bein brechen darf?«

»Er hat mich rausgeworfen«, antwortete er schlicht.

Sie liefen eine Weile lang schweigend nebeneinander her.

»Und wie fühlst du dich jetzt?«, fragte Josh schließlich.

»Dad wird nicht begeistert sein«, antwortete Kerry.

»Ich habe nicht nach deinem Dad gefragt. Ich will auch nicht wissen, wie sich dein Cousin Gladys deswegen fühlt, oder was dein Onkel Max dazu sagt.«

Kerry konnte darüber nicht lachen. Wieder gingen sie für eine Weile, ohne etwas zu sagen.

Den Wagen, einen langen, viertürigen Oldtimer, bemerkten sie erst, als er genau neben ihnen anhielt. »Hey – Hart!« Kerry erkannte O'Brien, der am Steuer saß. Im Auto drängte sich ein Haufen weiterer Kids. »Hey – pass bloß auf, Hart!«

»Hör mal, O'Brien!«, brüllte Kerry ärgerlicher, als er selbst erwartet hatte. »Es war nur ein Unfall. Der Trainer sagt –«

»An deiner Stelle würde ich hier in der Gegend nicht im Dunkeln herumlaufen!«, rief eine Stimme vom Rücksitz des Wagens. »Es könnte womöglich noch einen Unfall geben. Weißt du, was ich meine?«

Das hintere Wagenfenster öffnete sich, und Sharon

Spinner steckte ihren Kopf hinaus. »Du hast sein Leben ruiniert! Das werd ich dir heimzahlen!«

»Sharon – bleib cool!«, rief O'Brien ihr zu.

Sie schien völlig außer sich zu sein. »Ich mache dich fertig, Kerry!« Eine Limonadendose kam aus dem hinteren Fenster geflogen. Sie prallte gegen Kerrys Rucksack, und ihr Inhalt ergoss sich auf seiner Jacke. Der Wagen raste davon.

»Nette Leute«, sagte Josh.

Kerry zuckte die Achseln. »Wir sehen uns morgen«, sagte er erschöpft. »Danke, dass du versucht hast, mich aufzuheitern.« Er eilte zur Bushaltestelle auf der anderen Straßenseite.

»Lass dir noch einen letzten Rat mit auf den Weg geben!«, rief Josh ihm hinterher.

»Sag jetzt nicht ›Hals- und Beinbruch‹!«, gab Kerry zurück, ohne sich umzudrehen.

»Tja, wir sind wohl schon zu lange befreundet«, sagte Josh. »Du kennst all meine Sprüche.« Er drehte sich um und ging die sanft geschwungene Auffahrt zu seinem Elternhaus hinauf.

Ein paar Minuten später kam der Bus und Kerry fuhr zu den Hügeln. An der High Bluff Road stieg er aus. Mittlerweile lag ein kalter, feuchter Nebel über den Straßen. Kerry zitterte, als er die Straße überquerte. Die Kälte folgte ihm bis ins Haus.

Drinnen war es dunkel, bis auf den Schein einer kleinen Tischlampe im Wohnzimmer und das Flimmern des Fernsehbildes. Sean lag auf dem Sofa und sah sich eine Wiederholung von *Drei Mädchen und drei Jungen* an. Wenigstens habe ich noch Aufschub, sagte Kerry zu sich selbst. Dad war noch nicht zu Hause.

Er trat ins Wohnzimmer und warf seinen Rucksack auf einen Sessel. Sean schaute nicht einmal hoch. »Hat Dad Spätschicht?«, fragte Kerry.

»Mmh.«

»Mal was Neues«, sagte Kerry. Sein Vater war in den letzten Tagen selten zu Hause. »Verbrecher halten sich nun mal nicht an die Banköffnungszeiten«, erklärte er ihnen immer. Aber Kerry wusste genau, dass er die meiste Zeit auf der Polizeiwache herumhing und mit den anderen Cops Sprüche klopfte.

»Hast du schon gegessen?«, fragte Kerry.

»Mmh.«

Sich mit Sean zu unterhalten bedeutete, ihm eine Frage nach der anderen zu stellen und als Antwort verschiedene Grunz-und Brummtöne zu erhalten. Kerry schaute seinen jüngeren Bruder an und schüttelte den Kopf. Seans Haar war so hell blond wie Kerrys dunkel war. Mit seinem kantigen Kinn und dem Stachelhaarschnitt bildete er sich ein, genau wie Sting auszusehen. Aber er war eher klein und hatte eine Menge Pickel, was den ganzen Effekt zunichte machte.

»Ein paar Kartoffelchips und ein Bier? Hältst du das für ein richtiges Abendessen?«, fragte Kerry und stellte im selben Moment fest, dass er schon wie sein Vater redete.

»Mmh.«

Offensichtlich verbrachte Sean immer mehr Zeit vor der Glotze. Wer konnte es ihm verübeln?, dachte Kerry. Wenigstens hatten die Leute bei *The Brady Bunch* alle Lichter im Haus an, und die ganze Familie war zusammen. Und sie mochten einander.

Kerry überlegte, wann er das letzte Mal etwas von seiner Mutter gehört hatte. Das war im letzten Monat gewesen … Sie war ausgezogen, kurz nachdem … kurz nachdem Donald gegangen war. Sie konnte es einfach nicht ertragen, vermutete Kerry. Er selbst konnte immer noch nicht glauben, dass seine Eltern geschieden waren. Manchmal glaubte er, Moms Stimme aus einem anderen Zimmer zu hören. Hin und wieder nahm er noch den Duft ihres Parfüms wahr.

Ihre ehemals wöchentlichen Anrufe kamen längst nur noch in monatlichen Abständen. Er und Sean hatten im Sommer eigentlich vier Wochen mit ihr verbringen sollen, aber sie hatte gerade einen neuen Job gefunden, und so war der geplante Besuch auf die Weihnachtsferien verschoben worden.

»Ich weiß, dass du das verstehst«, hatte sie am Telefon zu Kerry gesagt.

Aber eigentlich verstand er es nicht.

»Ich geh hoch«, sagte Kerry. Das Konserven-Gelächter bei *The Brady Bunch* wurde immer wilder.

»Mmh«, antwortete Sean, den Mund voller Kartoffelchips.

Kerry ging im Dunkeln rasch die knarrende Treppe hoch und betrat sein kleines Zimmer. Automatisch duckte er sich wegen der Dachschräge und warf sich mit einem lauten Seufzer auf sein Bett. Er vergrub seinen Kopf in der Armbeuge und nahm sich vor, für eine Weile so liegen zu bleiben und sich selbst zu bemitleiden.

Aber das Telefon klingelte.

Er wartete, ob Sean abnehmen würde.

Ein zweites Klingeln.

Los, komm schon, Sean. Schwing dich vom Sofa und geh ans Telefon.

Ein drittes Klingeln.

Kerry stöhnte und hievte sich schwerfällig hoch. Er ging hinüber zu dem niedrigen Tresen, den er als Schreibtisch benutzte, und tastete im Dunkeln nach dem Telefon.

»Hallo.« Es war eine weibliche Stimme. »Ist da Kerry?«

Er räusperte sich. »Ja, der bin ich.«

»Hi, Kerry.« Sie hatte die aufregendste Stimme, die er je gehört hatte. »Ich bin dein Blind Date.«

Kapitel 2

»Soll das ein Witz sein?«

Es war die einzige Antwort, die Kerry einfiel.

»Ich glaube nicht.«

»Hm ... einen Moment bitte.« Kerry tastete nach dem Lichtschalter, konnte ihn aber im Dunkeln nicht finden. »Ich will mir schnell Licht machen. Ich sitze hier ganz im Dunkeln.«

»Oh, lass das Licht ruhig aus, Kerry. Lass uns im Dunkeln miteinander sprechen.« Ihre Stimme klang verführerisch, wie ein sanftes Schnurren. Jedes einzelne Wort erschien ihm wie eine Einladung.

»Okay.« Weiter so, Kerry. Das war wirklich geistreich. Du machst bestimmt bei ihr Eindruck!

»Ich weiß, dass du oben in den Hügeln wohnst«, fuhr sie flüsternd fort.

»Woher denn?«

»Oh, ich weiß eine Menge von dir, Kerry.«

Wow! Das konnte doch nicht wahr sein!

»Wie heißt du?«, fragte er.

»Rate doch mal.« Sie lachte, ein leises, neckendes Lachen.

»Hm ... du hörst dich an wie eine ... Nadia.«

»Nadia!«, rief sie überrascht. »Ja, stimmt.«

»Das stimmt? Habe ich richtig geraten?«

»Nein. Aber ich glaube auch, dass ich mich wie eine Nadia anhöre.«

Wieder lachte sie. Ihr Lachen machte ihn verrückt. Es war so ein ... *schmutziges* Lachen.

»Ich hab das Gefühl, du führst gern Leute an der Nase herum«, sagte Kerry, der allmählich mutiger wurde.

»Tja ...« Sie imitierte die Stimme eines kleinen Mädchens. »Manchmal bin ich auch ernst. Vielleicht wirst du es ja noch herausfinden.«

Oh, wow!

Kerry glaubte, dass er nicht mehr viele solcher Andeutungen ertragen würde.

»Gehst du auch zur *Revere*?«, fragte er.

»Noch nicht. Wir sind letzte Woche erst hierher gezogen. Ich fange wahrscheinlich nächste Woche an. Hast du Lust, mir die Schule zu zeigen?«

Ob ich *Lust* habe?

»Klar. Hey – wer hat dir eigentlich meine Telefonnummer gegeben?«

»Wie wär's, wenn du versuchst, das auch zu erraten?«

»Karen Ailers?«

»Ha ha. Nein ...«

»War es Donna? Donna Mueller?«

»Nein ...«

»Hmm ... Sonst fällt mir keine mehr ein ... Es war doch nicht Margo, oder?«

»Eins zu null für dich.«

»Aber ich habe Margo nicht mehr gesehen, seit sie weggezogen ist! Sie geht jetzt zum *North*.«

»Margo hat vorgeschlagen, dass ich dich anrufe. Sie sagte, du seist ein toller Typ.«

»Tja ... das *bin* ich auch! Ha ha.«

»Sie sagte auch, dass du immer bescheiden bist.«

Sie lachten beide. Sein Lachen klang deutlich nervöser als ihres. Er dachte an Margo. Sie waren ziemlich gut befreundet gewesen. Eine Zeit lang waren sie zusammen gegangen, aber es war nichts weiter passiert, und sie hatten beschlossen, einfach gute Freunde zu bleiben. Dann war Margos Familie auf die andere Seite der Stadt gezogen, und seitdem ging sie zum *North*. Kerry hatte seit Monaten nichts von ihr gehört. Es war wirklich nett von ihr, ein *Blind Date* für ihn zu arrangieren.

»Tja ... hm ... wie wär's mit Samstag?«, fragte er und merkte im selben Moment, wie idiotisch das klang. »Ich meine ... hast du Lust auszugehen?«

»Ich dachte schon, du fragst nie.« Wieder vernahm er ihr sexy Lachen. Doch diesmal brach es abrupt ab. »Oh, hör mal, hier will noch jemand telefonieren. Ich geb dir meinen Namen und meine Adresse. Dann brauchst du nicht mehr weiter zu raten.« Hastig rasselte sie Name und Adresse herunter. Er war nicht sicher, ob er sie richtig verstanden hatte. Hieß sie wirklich Amanda? Er wollte sie bitten, alles noch einmal zu wiederholen, aber sie flüsterte gehetzt: »Hol mich um acht Uhr ab. Bye.« Und dann, bevor er etwas antworten konnte, fügte sie hinzu: »Es war nett mit dir im Dunkeln«, und legte auf.

Kerry blieb mit dem Hörer in der Hand sitzen. Es geht wieder bergauf, sagte er mit einem zufriedenen Lächeln zu sich selbst. Warum hatte es sich wohl so angehört, als riefe sie von einer Telefonzelle aus an? Das war merkwürdig ... Aber irgendwie war die ganze Sache merkwürdig! Was für eine Stimme! Die Art, wie sie seinen Namen ausgesprochen hatte ... dieses erotische Lachen ...

Er lief aus seinem Zimmer und polterte die Treppe hinunter, immer zwei Stufen auf einmal nehmend. Er musste unbedingt jemandem von diesem Anruf erzählen. Das würde selbst Sean gefallen. »Sean – du wirst es nicht glauben! Was für eine scharfe Braut!« An der Wohnzimmertür hielt er inne. »Oh, hallo Dad.«

Sein Vater, noch in Uniform, nickte ihm zu. Er schob seine Polizeimütze in den Nacken, wodurch seine Stirn entblößt wurde. Bevor ihm immer mehr Haare ausgefallen waren, hatte er fast genau ausgesehen wie Sergeant Andy Renko aus *Polizeirevier Hill Street*. Jedenfalls hatten das die Jungs von der Wache behauptet, und er glaubte es nur zu gern. Obwohl er nicht von dort stammte, konnte er die leicht schleppende Sprechweise der Südstaatler und die lockeren Umgangsformen des TV-Cops perfekt nachahmen.

Doch dann verlor er nach und nach seine Haare und damit auch die Ähnlichkeit mit dem TV-Cop. Die Jungs von der Wache nannten ihn aber immer noch Renko, weil sie ihn nur mit seiner Mütze kannten. Zu Hause, wo er seinen kahlen Schädel zeigte, verzichtete er auf sein Südstaatler-Benehmen und den schleppenden Akzent. Auf seine beiden Söhne wirkte er stets angespannt und pessimistisch. Es kam ihnen vor, als würde er erst zum Leben erweckt, wenn er seine Dienstmütze aufsetzte.

»Bier und Kartoffelchips zum Abendbrot? Kannst du nicht besser auf deinen Bruder aufpassen?«, war seine Begrüßung, als er Kerry sah.

»Ich bin gerade erst nach Hause gekommen«, sagte Kerry und fühlte, wie er errötete. Warum konnte er nie mit seinem Dad sprechen, ohne verlegen zu werden?

»Du warst oben und hast telefoniert, oder nicht?«

»Ja. Warum bist du noch in Uniform?«

»Ich muss noch mal los. Wollte nur mal kurz nach euch schauen. Alles okay, Sean?«

»Mmh.« Sean sah mittlerweile eine alte Folge von *Gilligans Insel*.

»Dad, ich muss mit dir reden –«, begann Kerry.

»Es sind noch ein paar Hamburger im Kühlschrank«, sagte Lieutenant Hart, der ebenfalls auf die Mattscheibe blickte. »Ich habe sie extra für euch gekauft. Legt sie einfach in die Mikrowelle. Vierzehn Jahre alt und trinkt Bier zum Abendbrot. Sonst noch was?«

»Ich habe schlechte Nachrichten«, fuhr Kerry fort. Er wollte es so schnell wie möglich hinter sich bringen und seinem Vater von dem Unglück beim Football erzählen. Vielleicht würde es nicht wie sonst eine große Szene geben, weil sein Vater auf dem Sprung war und schnell wieder weg musste.

»Schlechte Nachrichten kann ich jetzt gerade gut gebrauchen«, sagte Lieutenant Hart bitter. »Sollte ich mich dafür vielleicht besser hinsetzen?«

»Ich befürchte, ja«, antwortete Kerry.

»Bring mir ein Bier – falls noch eins da ist.«

Lieutenant Hart setzte sich auf den Klappstuhl neben der Tür. Er stöhnte. Sein Rücken machte ihm wieder Probleme. Acht Stunden hinter dem Steuer des Polizeiwagens war nicht gerade das, was ihm körperlich gut tat.

Kerry brachte ihm eine Dose Bier aus dem Kühlschrank. Er blieb einige Meter von seinem Vater entfernt stehen und beobachtete, wie er die Dose öffnete. Er überlegte, wie er mit der Geschichte anfangen sollte. Gab es eine Möglichkeit, sie so zu erzählen, dass sein Vater nicht sofort in die Luft ging?

Nein. Er befand, dass es keine gab.

»Ich bin nicht mehr bei den Pantern.« Das war doch ein guter Start.

Lieutenant Hart nahm einen großen Schluck Bier. Dann stellte er die Dose auf dem Knie ab und blickte langsam in Kerrys besorgtes Gesicht hoch. »Sag das noch einmal.« Urplötzlich kam er Kerry sehr alt und müde vor. Er wünschte, er hätte gute Nachrichten für seinen Vater, die die Sorgenfalten rund um seinen Mund wegzaubern und dieses Renko-Lächeln zurückbringen könnten.

»Stevens hat mich aufgefordert, die Mannschaft zu verlassen. Es ist ein Unfall passiert.«

»Was für ein Unfall?« Lieutenant Hart nahm einen weiteren Schluck Bier.

»Ich bin auf Sal Murdoch gestürzt. Es war wirklich aus Versehen. Sein Bein ist dabei gebrochen. Einige glauben, ich hätte es absichtlich getan, um seine Position zu übernehmen.«

»Und warum hast du es getan?«

»Ich hab's dir doch gesagt, Dad. Es war ein Unfall.« Warum fing er jetzt bloß an zu jammern?

»Es war ein Unfall, und deshalb hat dich Stevens aus der Mannschaft geschmissen?« Sein Vater starrte ihn wütend und vorwurfsvoll an, als wäre er ein Straßenräuber oder ein Dieb.

»Er sagte, ich wäre ein moralisches Problem. Zu viele von den Jungs glauben, dass ich es absichtlich getan habe.«

»Ein moralisches Problem? Hat dieser Idiot vergessen, was unsere Familie für seine Mannschaft getan hat? Immerhin war Donald der beste Spieler, den die Panter jemals hatten! Donald hat die Schule berühmt gemacht, er hat Stevens davor bewahrt, den Job zu verlieren, indem er die Meisterschaft geholt hat! Donald –«

»*Dad – es geht hier nicht um Donald*!«

Kerry fing als Erster an zu brüllen. Sein Vater schien über diesen Wutausbruch überrascht zu sein. Um es zu verbergen, trank er noch einen ausgiebigen Schluck aus seiner Bierdose.

»Donalds jüngerer Bruder gehört zu den Pantern«, sagte er schließlich. Er klang dabei eher verbittert als ärgerlich und sah verletzt aus.

»Donald ist weg, Dad! Stevens schert sich nicht mehr um Donald. Alles, was ihn interessiert, ist, dass ich dem Quarterback das Bein gebrochen habe und –«

»Könnt ihr nicht ein bisschen leiser reden? Ich will fernsehen!«

»Halt die Klappe, Sean!«, schrie Kerry. Er spürte, dass er allmählich die Kontrolle über sich verlor.

»Sprich nicht so mit deinem Bruder. Donald hat dich auch nie so angebrüllt.« Lieutenant Hart zerknüllte die Bierdose in der Hand und ließ sie auf den Boden fallen.

»*Hör auf, über Donald zu reden*!«

»Hör du auf, mich anzuschreien, Kerry. Was soll ich denn deiner Meinung nach sagen? Du erzählst mir, dass du wegen eines Unfalls aus der Football-Mannschaft geflogen bist, und ich soll sagen ›mach dir nichts draus‹?« Er stand auf und zog seine Kappe in die Stirn.

»*Du sollst mit MIR reden! Du sollst MIR antworten! Du sollst nicht immer über Donald reden*!«, brüllte Kerry.

»Ich muss los«, sagte Lieutenant Hart ausweichend.

»Okay, okay – du willst lieber über Donald reden?« Kerrys Stimme überschlug sich jetzt vor Verzweiflung. Er wusste, dass er an dem Punkt besser aufgehört und nichts weiter gesagt hätte – aber er schaffte es nicht.

»Okay, wunderbar. Erzählt mir von Donald. Erzähl mir, was letztes Jahr passiert ist und warum Donald weg ist. Gib mir das fehlende Puzzleteil, Dad. Gib mir das Teil, das in meiner Erinnerung fehlt, diese Tage und Wochen ... Ich habe ein Loch im Gehirn, Dad, ein riesiges Loch. Du willst über Donald reden? Na los. Erzähl. Erzähl mir, woran ich mich nicht erinnern kann.« Er ergriff seinen Vater bei den Schultern. »Erzähl es mir! Mein Gehirn weigert sich nämlich, sich daran zu erinnern! Na los!«

Lieutenant Hart entwand sich Kerrys Griff. Er machte keine Anstalten, Kerry zu trösten. Stattdessen wandte er sich ab. Den Blick auf die Haustür gerichtet, sagte er ruhig: »Hör auf damit, Kerry. Hör sofort auf, Junge.«

Kerry ballte die Hände zu Fäusten. Er hatte das Gefühl, im nächsten Moment zu explodieren. »Dreh dich um, Dad. Dreh dich bitte um. Schau mich an!«

Sein Vater zuckte mit den Schultern, wodurch seine blaue Uniform unter dem Kragen Falten schlug, und wandte sich langsam um. »Hör auf, dich selbst wegen letztem Jahr zu quälen«, sagte er mit unbewegtem Gesicht. »Manchmal will unser Gehirn uns schützen. Versuch nicht, dich mit Gewalt zu erinnern, Kerry. Du musst es einfach akzeptieren.«

Kerry kämpfte gegen die Tränen, aber er konnte sie nicht zurückhalten.

»Ich vermisse ihn«, brach es aus ihm heraus. »Ich – vermisse – Donald – so – wahnsinnig.«

Lieutenant Hart drehte sich brüsk um. »Ich komme erst spät nach Hause«, sagte er mit zitternder Stimme. Er öffnete die Tür. »Es tut mir Leid«, sagte er. »Es tut mir wirklich wahnsinnig Leid.« Und dann ging er hinaus in die Nacht.

»Warum musst du Dad immer so unglücklich machen?«, fragte Sean vom Sofa aus.

Kerry blieb an der Tür stehen und beobachtete, wie die Scheinwerfer des Streifenwagens aufleuchteten und die dicken Nebelschwaden durchschnitten. Autoscheinwerfer. Kerry schloss seine Augen, aber das Bild der Autoscheinwerfer war immer noch da. Der Anblick schien an seiner verloren gegangenen Erinnerung zu kratzen. Autoscheinwerfer. Irgendetwas klopfte bei seinem Gehirn an. Fast das ganze letzte Jahr fehlte in seiner Erinnerung, es war wie ausgewischt. Autoscheinwerfer waren ein Teil des Puzzles. Er fühlte es. Er *wusste* es. Aber weiter kam er nicht.

Der Streifenwagen wendete, und das Licht der Frontscheinwerfer leuchtete den Hügel hinab. Während sein Vater zur Stadt hinunterfuhr, wurden die roten Rücklichter immer kleiner.

Kerry stand noch lange da und starrte in die Dunkelheit. Dann ging er langsam ins Wohnzimmer zurück.

Sean hatte sich noch immer nicht von der Stelle gerührt. *Gilligans Insel* war mittlerweile vorüber, und jetzt sah er eine alte Folge von *Mein lieber Bieber*.

»Mann, Dad, du bist so clever«, sagte Beaver gerade zu seinem lächelnden Vater. »Kannst du nicht Wandy und mir beibringen, genauso zu sein wie du?«

»Willst du einen Hamburger?«, fragte Kerry.

»Mmh«, kam von Sean.

»Heißt das ja oder nein?«

»Mmh.«

* * *

Um halb zwei Uhr morgens saß Kerry an seinem Schreibtisch, der von einem schwachen orangefarbenen Lichtstrahl aus der Schreibtischlampe beleuchtet wurde. Mit zusammengekniffenen Augen starrte er auf seinen Aufsatz und versuchte angestrengt, ihn zu Ende zu bringen. »Was ich in den Sommerferien nicht erlebt habe.« Mr. Shannon, Kerrys Englischlehrer, hielt sich für etwas ganz Besonderes. Er dachte vermutlich, dass dieses Thema das Tollste war, was man einer der unteren Klassen an der High School aufs Auge drücken konnte.

»Armer Shannon«, sagte Kerry laut, mit einer vor Erschöpfung heiseren Stimme. »Er muss sechsundzwanzig Aufsätze von dieser Sorte lesen. Ich hab wenigstens nur den einen vor mir.«

Englisch war Kerrys bestes Fach. Er las gern und konnte in einem spannenden Buch völlig versinken. Am liebsten las er Science Fiction. Irgendwie fühlte er sich in fremden Welten mehr zu Hause. Kerry schrieb auch gern selbst. Vor einigen Jahren hatte er hin und wieder endlos lange Geschichten geschrieben und an Donald geschickt, als der im Zeltlager war. Donald hatte immer gesagt, dass Kerry ein großes Talent zum

Schreiben habe. Die Erinnerung daran ließ Kerry lächeln. Noch einen Absatz musste er schaffen.

Er schaute auf die Uhr. Fünf nach halb zwei. Sein Vater war immer noch nicht zu Hause. Er hörte, wie Sean sich drüben in seinem Bett von einer Seite auf die andere warf. Armer Sean. Es war gar nicht so einfach, einzuschlafen, wenn man vorher schon acht Stunden lang auf dem Sofa gelegen hatte!

Das Telefon klingelte, und Kerry schreckte hoch.

Wer in aller Welt rief um diese Uhrzeit an?

Vielleicht Josh, um zu fragen, wie es ihm ging. Josh gehörte zu den Menschen, die niemals schliefen. Er brauchte zwei bis drei Stunden pro Nacht, das war alles. Seine Eltern waren deswegen schon völlig verzweifelt.

Kerry nahm nach dem ersten Klingeln den Hörer ab. »Hallo?« Er hatte einen Frosch im Hals.

»Knüppel und Steine brechen *dir* die Beine!«

Es war eine fremde weibliche Stimme, die durch das Telefon verzerrt klang. Es hörte sich an, als ob die Frau sich beim Sprechen die Nase zuhielt.

»Was? Wer ist da?«, fragte Kerry. Er konnte vor Müdigkeit nur verschwommen sehen.

»Knüppel und Steine und gebrochene Beine«, sagte die Stimme.

»Wer ist da?« Die Stimme klang kratzig und verzerrt. Kerry versuchte herauszuhören, wem sie gehörte. »Sharon? Bist du das?«

Die Erinnerung an Sharons Blick aus dem Autofenster, als sie auf dem Weg ins Krankenhaus zu Sal gewesen war, schoss ihm durch den Kopf. Sie schien völlig außer sich gewesen zu sein. Rief sie jetzt an, um ihn zu ärgern oder ihm Angst einzujagen?

»Sharon, bist du das? Das ist nicht lustig.«

Die weibliche Stimme am anderen Ende der Leitung

lachte – ein hohes, aufgesetztes Lachen, wie das einer Hexe in einem Fernsehfilm für Kinder.

»Sharon, wir können doch darüber reden –«

»Die Zehenknochen hängen an den Fußknochen … die Fußknochen hängen am Fußgelenk … das Fußgelenk hängt am Unterschenkelknochen …«

Klick. Sie hatte aufgelegt.

Kerry lief eine Gänsehaut über den Rücken. Er ließ den Hörer aus der Hand fallen, der polternd auf die Schreibtischplatte fiel. Kerry griff danach, erwischte ihn nicht gleich und hielt ihn dann fest. Sein Herz pochte.

Nur ein dummer Scherz, sagte er sich.

Aber trotzdem war es beängstigend gewesen.

Es war beängstigend, dass jemand solch einen Hass auf ihn hatte.

Kerry war nie wirklich beliebt gewesen – nicht so, wie Donald beliebt gewesen war, immer umringt von Mädchen und Jungen, die ihm auf Schritt und Tritt folgten und das Haus mit ihrem Gelächter erfüllten. Aber er war auch nie unbeliebt gewesen.

Die Tatsache, dass Sharon, die eigentlich immer freundlich zu ihm gewesen war, ihn jetzt so sehr hasste, machte ihn fertig. Er beschloss, sie auf der Stelle zurückzurufen, um die Sache zu klären.

Er wühlte in seiner Schublade nach der Telefonliste seiner Schule, zerrte Papier heraus und schmiss es auf den Boden. Ganz unten lag die Liste. Kerry war überrascht, dass seine Finger zitterten, während er auf der Suche nach Sharons Telefonnummer die Seiten durchblätterte.

Schließlich fand er sie, blinzelte ein paar Mal, um seinen Blick zu schärfen, und wählte. Er ließ es einmal läuten. Zweimal. Dreimal.

»Los, komm schon, Sharon! Du weißt, dass ich dich zurückrufe. Nimm schon ab. Los!«

»Hallo.«

Eine Männerstimme. Ihr Vater.

»Ich würde gern Sharon sprechen, weil –«

»Wer ist da?«, fragte er wütend. »Ach, mir ist eigentlich egal, wer das ist! Ich möchte gar nicht wissen, welcher Idiot von Freund meiner Tochter es wagt, um diese Uhrzeit anzurufen! Mach das bloß nicht noch einmal!«

Er knallte den Hörer auf die Gabel, was einer lauten Explosion in Kerrys rechtem Ohr gleichkam. Beinahe hätte er den Hörer abermals fallen lassen. Es gelang ihm gerade noch, ihn mit zitternder Hand aufzulegen.

Noch ein Absatz. Er musste diesen bescheuerten Aufsatz zu Ende schreiben. Er konnte nicht zulassen, dass sie ihn fertig machten. Er *dürfte* es nicht zulassen ...

Kapitel 3

»Okay, hier sind die Schlüssel.«

Widerwillig reichte ihm sein Vater die Autoschlüssel. »Denk dran, beim Anlassen reichlich Gas zu geben – aber lass ihn nicht absaufen. Die verdammte Karre springt in letzter Zeit wirklich schlecht an.«

Kerry nahm den Schlüsselbund und ließ ihn in die Tasche seines Hemdes gleiten. »Ich werd aufpassen«, sagte er.

»Neues Hemd?«

»Ja.« Kerry konnte kaum glauben, dass es seinem Vater aufgefallen war. »Ist so'ne Art Rugby-Hemd. Ich hab es in diesem Laden im Einkaufszentrum entdeckt.«

»Tja ...« Sein Vater musterte ihn von Kopf bis Fuß – mit einem Gesichtsausdruck, den er wahrscheinlich auch an den Tag legte, wenn er einen Verdächtigen vor sich hatte.

»Neues Hemd, saubere Jeans, das Haar zurückgebürstet, damit du aussiehst wie ein Filmstar. Ich würde sagen, du hast heute Abend eine wichtige Verabredung.«

Kerry wurde rot. Er war es nicht gewohnt, von seinem Vater so viel Aufmerksamkeit zu erhalten. »Es ist sogar ein Blind Date«, sagte er. Er fühlte sich unbehaglich. Das neue Hemd kratzte. Sein Magen flatterte ein wenig.

»Sie *muss* ja blind sein, wenn Sie mit *dir* ausgeht!«, rief Sean dazwischen, schmiss sich auf das Sofa und lachte wie ein Wahnsinniger. Er hielt seine Bemerkung offensichtlich für die witzigste, die er je gemacht hatte.

»Solche Gags sind heutzutage offenbar typisch für Vierzehnjährige«, sagte Lieutenant Hart. Er nahm seine Dienstmütze ab und kratzte sich am Kopf, konnte aber nicht verhindern, dass ihm ein Lächeln über das Gesicht huschte.

»Sei still, Sean!«, rief Kerry seinem Bruder zu, der immer noch wie eine Hyäne lachte, sich vor Begeisterung auf die Knie schlug und auf dem Teppich hin und her rollte. »Nacht, Dad.«

Kerry ging hinaus zum Wagen, einem blauen 82er Mustang, und schob sich hinter das Lenkrad. Er fischte den Schlüsselbund aus seiner Hemdtasche und steckte den Zündschlüssel ins Schloss. Dann holte er tief Luft. Er wusste, dass sein Vater lauschte. Wenn der Wagen nicht sofort anspränge, würde er herausgestürzt kommen, und Kerry würde sich wieder einmal eine Lektion anhören müssen, wie man den Wagen anließ, ohne ihn absaufen zu lassen.

Er trat das Gaspedal hinunter, einmal, zweimal. Dann drehte er den Zündschlüssel um. »Komm schon, Auto. Komm schon! Spring an. Lass mich nicht im Stich.«

Der Wagen sprang sofort an. Kerry sah seinen Vater

mit einem unglücklichen Gesichtsausdruck in der geöffneten Tür stehen. Kerry fuhr vorsichtig rückwärts die kurze Auffahrt hinunter, bog in den Hillside Drive ab und machte sich auf den Weg in die Stadt.

Es war eine klare, frische Herbstnacht und die Luft kalt und sauber. Womöglich würde es später noch Frost geben. Eine geeignete Nacht, um mit jemandem zu kuscheln, dachte Kerry. Dann sprach er laut ihren Namen aus: »Amanda.«

Irgendetwas war falsch. Der Name klang zu ernst, zu altmodisch. Amanda. Er hatte erst einmal mit ihr gesprochen, aber er wusste, dass sie keine Amanda war. Sie war eine Nadia. Er würde es ihr sagen. Vielleicht fände sie es lustig.

Am Fuß des Hügels gabelte sich der Hillside Drive in zwei Straßen. Eine führte in Richtung New Town, wo die Paul Revere-Highschool lag, die andere zum Ortskern, dem älteren Teil der Stadt. Amanda wohnte auf der Sycamore Street in der Altstadt. Kerry erinnerte sich, dass es eine der hübschesten Straßen der ganzen Stadt war, eine breite, von prächtigen alten Ahornbäumen gesäumte Allee, in der ebenso prächtige Villen standen.

Vielleicht ist sie ja genauso reich wie sexy, sagte Kerry zu sich selbst. Er versuchte zum wiederholten Male, sich vorzustellen, wie sie aussah. Er hatte sich bereits für glatte, schwarze Haare entschieden, die ihr bis über die Taille hinabfielen, so eine Art Crystal Gayle-Effekt – nur mit mehr Sex-Appeal. Und er stellte sich große, grüne Augen und einen kleinen, herzförmigen Mund vor, mit ganz dunklem Lippenstift. Natürlich hatte sie eine umwerfende Figur. Würde sie einen engen Pullover tragen, der ihre fantastischen Formen unterstrich? Oder würde sie betont zurückhaltend erscheinen, in einer sportlichen, bis unter das Kinn zugeknöpften Bluse und einem artigen Rock? Er konnte sich nicht entscheiden.

Natürlich war es auch möglich, dass sie während des Films gar nicht bis zum »Letzten« gehen wollte. Das verstand er gut. Kerry mochte Mädchen, die sich ein paar altmodische Vorstellungen bewahrt hatten.

Er und Josh hatten lange über sein Blind Date gesprochen – über den Anruf und jedes Wort, das sie gesagt hatte. Sie hatten in Joshs Bude auf der weichen Ledercouch gelegen und zur Decke gestarrt. Eine Springsteen-CD dröhnte aus den Lautsprechern in den Zimmerecken. Josh ließ Kerry den Inhalt des Telefonats mindestens sechs Mal wiederholen. Am Schluss sagte er: »Mann, die ist geil! Die ist *echt geil*!«

Und dann musste Kerry erneut einen Teil der Unterhaltung wiederholen. Da das ganze Gespräch höchstens drei Minuten gedauert hatte, gab es eigentlich nicht mehr viel zu wiederholen, und Kerry fand die Sache nach der achten Rund ein bisschen langweilig. Wenn Josh wenigsten einen anderen Kommentar auf Lager gehabt hätte als: »Mann, ist die geil!«

Diese Tatsache an sich begann Kerry ein wenig nervös zu machen, zumal er zugeben musste, dass er nicht unbedingt die gleiche Wirkung hatte wie ein Robert Redford. *Liebenswürdig* und *kultiviert* waren nicht gerade die Worte, die anderen einfielen, wenn sie ihn beschreiben sollten, auch wenn er in der Tat ein bisschen aussah wie Ralph Macchio.

»Ich habe letzte Nacht noch einen Anruf bekommen«, sagte Kerry. Er hatte beschlossen, Josh von dem beängstigenden Drohanruf zu erzählen, hauptsächlich, um das Thema zu wechseln. Er beschrieb die Stimme, den merkwürdigen Singsang, mit dem die Drohungen ausgesprochen worden waren, und die Reime über gebrochene Knochen.

»Ach, weißt du«, sagte Josh beiläufig und stand vom Sofa auf, um die CD zu wechseln, »das war ich.«

»Natürlich warst du es«, antwortete Kerry sarkastisch.

»Nein, wirklich«, beharrte Josh. »Hab ich dir Angst eingeflößt? Ja, nicht wahr?«

»Du bist wirklich ein Spaßvogel, Josh.«

»Ich gehe demnächst zum Vorsprechen für eine Rolle in einem von diesen blutrünstigen Thrillern. Ich dachte, wenn ich dir Angst einjagen kann, kann ich es richtig probieren. Ich will die Rolle unbedingt haben. Der Typ muss zwanzig Schülerinnen aufschlitzen, echt cool.«

Kerry spürte, wie er ernsthaft böse wurde. »Josh, da versucht jemand mir Angst einzujagen, und dir fällt nichts anderes ein, als blöde Witze zu reißen!«

»Also *habe* ich dir Angst gemacht!«, sagte Josh, verdrehte wild die Augen und verzerrte sein Gesicht zu einer Fratze. »In Ordnung! Willst du mitkommen und mir helfen, ein großes Schlachtermesser zu kaufen?«

»Vergiss es«, sagte Kerry genervt. »Wie geht's eigentlich Sal? Hast du was gehört?«

»Frag lieber nicht«, antwortete Josh, der endlich wieder ernst wurde. »Ich habe gehört, dass er immer noch bewusstlos ist. Der Beinbruch ist nicht kompliziert, aber die Ärzte machen sich Sorgen, weil er sein Bewusstsein noch immer nicht wieder erlangt hat.«

»Ich fühle mich schrecklich«, sagte Kerry. Und das stimmte wirklich.

Jetzt war es Samstagabend, fast acht Uhr, und Kerry war ziemlich nervös. Beim Abbiegen in die Sycamore Street schien der alte Mustang ebenfalls unruhig zu werden. Ein paar laute Fehlzündungen brachten den Motor zum Stottern und würgten ihn beinahe ab. Fluchend trat Kerry fester auf das Gaspedal, und die

Maschine beruhigte sich. Er fuhr langsamer, um die Hausnummern erkennen zu können. Von den Straßenlaternen fielen breite Lichtkegel durch das Geäst der Bäume. Trotzdem war es schwierig, zwischen all den hohen Hecken und kunstvoll geschnittenen Sträuchern die Hausnummern zu erkennen.

Die Gegend sollte ihm eigentlich vertraut sein. Einige seiner Schulfreunde wohnten in dieser Straße. Er hatte sie gelegentlich besucht und dabei die eine oder andere dieser beeindruckenden alten Villen näher zu Gesicht bekommen, mit den Tennisplätzen, den Pools und den unzähligen Zimmern, voll gestopft mit Antiquitäten, auf denen man nicht sitzen und in deren Nähe man nicht einmal spielen durfte. Aber in der dunklen Stille dieser kühlen Herbstnacht wirkte alles ganz anders. Die alten Häuser, sorgsam hinter hohen Koniferen und undurchdringlichen Hecken versteckt, strahlten etwas Mysteriöses aus. Blätter flatterten im fahlen Licht der Straßenlaternen von den Bäumen herab und warfen unruhige Schatten auf die gepflegten Rasenflächen.

Es ist wirklich unheimlich, sagte Kerry zu sich selbst. Weiter oben auf den Hügeln standen die Häuser dichter zusammen, und man konnte eigentlich immer irgendwelche Lebenszeichen ihrer Bewohner wahrnehmen – Leute, die in ihrem Wohnzimmern vor dem Fernseher saßen, beleuchtete Fenster. Hier bewegten sich nur die Schatten. Warum gingen ihm bloß solche verrückten Dinge durch den Kopf?

Schließlich war er gerade auf dem Weg, Amanda abzuholen. Es musste das Haus an der nächsten Straßenecke sein. Es ist schon sonderbar, was einem für merkwürdige Gedanken kommen, wenn man nervös ist, dachte er. Seine Kehle fühlte sich plötzlich trocken an. Das neue Hemd kratzte immer noch oben am Hals und auch am ganzen Rücken.

Mühsam entzifferte er die Hausnummer des Eckhauses, die auf einer kleinen hölzernen Tafel stand. Während er das Grundstück in Augenschein nahm, trat er mit dem Fuß unwillkürlich hart auf die Bremse.

Es war in einem fürchterlichen Zustand.

Selbst im schwachen Licht der Straßenlaternen konnte Kerry erkennen, dass die Hecke völlig verwildert war und ihre Zweige in alle Himmelsrichtungen streckte. Der Rasen war offensichtlich seit Monaten nicht mehr gemäht worden. Überall wucherte Unkraut und im ganzen Vorgarten lagen abgebrochene Äste herum. Eine verrostete Schubkarre lag umgekippt neben der verrotteten Auffahrt. Aus den Spalten zwischen den Platten wucherte das Unkraut in dicken Büscheln.

Offenbar haben die Vorbesitzer Amanda und ihrer Familie das Haus nicht gerade im besten Zustand übergeben, dachte Kerry. Er schaute zum Haus hinauf, das in keiner besseren Verfassung zu sein schien als das Grundstück. Rechts und links von der Eingangstür ragten zwei weiße Säulen empor. Aber selbst von der Auffahrt aus konnte Kerry erkennen, dass sie große Risse hatten und dass überall die Farbe abblätterte. Das Vordach über der Eingangstür war auf der linken Seite bereits mit Brettern verkleidet, obwohl das Wetter noch recht mild war. Zwei der Fenster im Erdgeschoss waren kaputt und die Sprünge und Löcher mit breiten Klebeband- oder Papierstreifen zugeklebt worden.

Kerry parkte auf der Straße. Als er den Zündschlüssel herumdrehte und abzog, bemerkte er, wie kalt und nass seine Hände waren. Er schaute noch einmal zu dem Haus hinauf. Es war völlig dunkel. Wahrscheinlich halten sie sich im hinteren Teil auf, dachte er.

Aber würde man normalerweise nicht ein kleines Licht am Eingang anlassen, wenn man Besuch erwartete?

Vielleicht gab es ja Probleme mit der Elektrizität.

Blätter raschelten unter seinen Füßen, als er die Auffahrt hinauf ging. Sein linkes Bein verfing sich im wuchernden Unkraut, und er musste stehen bleiben, um sich zu befreien. In der Auffahrt befand sich kein Wagen. Das große Garagentor auf der rechten Seite des Hauses stand halb offen, es war zu dunkel, um in der Garage etwas erkennen zu können.

Kerry bog in den gepflasterten Weg ein, der zur Vordertür führte. Wie alles andere an dem Anwesen war auch dieser Weg halb verfallen. Aus den Spalten zwischen den Pflastersteinen wucherte etwas, das aussah wie wilder Wein. Als Kerry die Stufen zu der kleinen Terrasse vor der Haustür erklommen hatte, war er ziemlich außer Atem. Er blieb einen Moment lang stehen, rief sich Amandas Stimme am Telefon in Erinnerung, holte tief Luft und schaute noch einmal zur Straße hinunter, wo er durch all die Sträucher im Vorgarten seinen Wagen erkennen konnte.

Wie würde sie wohl aussehen?

Wenn sie nur *halb* so gut aussähe, wie ihre Stimme geklungen hatte …

Auf der anderen Straßenseite bellte ein Hund. Kerry fuhr zusammen. Er hatte sich bereits an die Stille ringsum gewöhnt, an das Rascheln der Blätter, die der Wind von den Bäumen zu Boden wehte, und an ihre lebendigen Schatten.

Er drückte auf den Klingelknopf neben der Tür.

Kein einziges Geräusch war im Innern des Hauses zu hören.

Wieder bellte der Hund.

»Halts Maul!«, rief Kerry ihm leise zu.

Er betätigte noch einmal die Klingel.

Aus dem Haus war immer noch kein Laut zu vernehmen. Keine Geräusche, keine Lichter.

Kerry stand vor einer riesigen, leeren Bruchbude. Wollte ihm jemand einen Streich spielen?

Er ging zur Ecke der kleinen Terrasse, beugte sich so weit wie möglich nach vorn und versuchte, durch eines der Fenster zu spähen. Die Vorhänge waren zugezogen. Um ein Haar hätte er die Balance verloren und wäre seitlich von der Terrasse hinuntergestürzt.

Vielleicht sollte er es einmal mit dem Hintereingang versuchen.

Ein letztes Mal drückte er auf den Klingelknopf und ließ seinen Finger mindestens eine halbe Minute lang darauf liegen.

Es war idiotisch, die reinste Zeitverschwendung.

Das Haus war offensichtlich leer. Hier wohnte eindeutig niemand. Und so, wie es aussah, hatte seit mindestens einem Jahr kein Mensch mehr hier gelebt.

Ärgerlich versetzte Kerry der Tür einen Fußtritt. »Der aufregendste Abend meines Lebens«, fluchte er, »und alles nur ein blöder Scherz.«

Kerry drehte sich um und begann, die Treppe hinabzusteigen. In diesem Moment wurde hinter ihm langsam die Eingangstür geöffnet.

Zwei Gesichter starrten ihn an. Über die oberste Stufe stolpernd lief Kerry zurück auf die Terrasse. Eine schwache Glühbirne, die in dem Flur hinter den beiden von der Decke baumelte, spendete das einzige Licht. Es waren ein Mann und eine Frau, doch sie waren offensichtlich in den mittleren Jahren, wirkten bereits wie alte Leute. Die Frau hatte kräftiges, graues Haar, das sie streng aus der Stirn zurück gekämmt und auf dem Hinterkopf zu einem kleinen Knoten gedreht trug. Sie hatte einen gestrickten Wollschal um die Schultern gelegt und hielt in der einen Hand eine Teetasse. Der kahle Kopf des Mannes war mit Sommersprossen übersät. Er stand vornüber gebeugt, so dass sein Kopf direkt aus dem Brustkorb hervorzutreten schien. Er trug eine randlose Brille mit rechteckigen Gläsern, einen gestreiften Schlafanzug und darüber einen blauen Bademantel.

Kerry war so perplex, jemanden dort im Eingang stehen zu sehen, dass er sie für ein paar Sekunden mit offenem Mund anstarrte. Sie sagten ebenfalls nichts, sondern starrten genauso verwirrt zurück. Der Ausdruck auf ihren Gesichtern verriet eine Mischung aus Angst und Überraschung.

Schließlich riss Kerry sich zusammen. »Hi! Ist Amanda zu Hause?«, fragte er.

Die Augen des Mannes schienen geradezu hinter seinen Brillengläsern hervorzuquellen. »Wie bitte?«

»Ist Amanda zu Hause? Ich bin mit ihr verabredet.«

Die Frau schrie auf und ließ ihre Teetasse fallen. Sie zersprang auf dem Fußboden in tausend Scherben. »*Nein! Nein! Nein*!«, kreischte sie und verdrehte dabei wild ihre Augen.

Der Mann blieb stumm, schien aber ebenfalls völlig fassungslos zu sein. Er schloss die Augen. Als er schließlich sprach, war seine Stimme nur ein Flüstern. »Amanda ist tot«, sagte er zu Kerry.

Kapitel 4

Kerry zweifelte, ob er richtig gehört hatte. »Wie bitte?«, fragte er.

»Amanda ist tot!« Der Mann wurde wütend. »Was willst du von uns? Was ist das für ein mieser Scherz?«

Kerry hatte es die Sprache verschlagen.

Plötzlich hörte die Frau auf zu schreien. Sie starrte Kerry ins Gesicht und griff mit beiden Händen nach ihrem Mann. »Er ist es!«, kreischte sie. »Schau ihn doch an – *er* ist es!«

Beide schienen Kerry plötzlich wiederzuerkennen.

»*Warum bist zu zurückgekommen*?«, brüllte der Mann und versuchte sich aus dem Griff seiner Frau zu befreien. »*Warum kommst du hierher und quälst uns*?«

»*Nein! Nein! Nein*!«, begann die Frau erneut zu kreischen.

Kerry drehte sich um und stürzte die Stufen hinunter. Er rannte so schnell er konnte durch den Vorgarten. Immer wieder stolperte er über Zweige und blieb mit den Füßen an dem wild wuchernden Unkraut hängen.

Einmal schaute er über die Schulter zurück. Der Mann war auf die Terrasse getreten. Wollte er Kerry verfolgen?

Im Laufen angelte Kerry nach dem Autoschlüssel in seiner Hosentasche. Er musste so schnell wie möglich den Wagen erreichen. Er wollte schleunigst von hier verschwinden. Nach Luft ringend erreichte er das Auto und öffnete die Tür. Dann schaute er noch einmal zum Haus hinauf. Der Mann war offensichtlich wieder hineingegangen. Ob er wohl in diesem Moment die Polizei anrief? Holte er ein Gewehr oder so etwas?

Kerry steckte den Schlüssel ins Zündschloss. Er passte nicht.

Er hatte den falschen erwischt.

Der Schlüsselbund fiel ihm aus der Hand. Er fummelte im Dunkeln auf dem Boden des Wagens danach und bekam ihn schließlich zu fassen. Dieses Mal suchte er mit zitternden Händen den richtigen Schlüssel aus, bevor er ihn ins Zündschloss steckte.

Er trat aufs Gaspedal, einmal, zweimal. Dann drehte er den Schlüssel herum. »Komm schon, spring an!«, beschwor er den Motor, während er zum Haus hinaufschaute. Es war niemand mehr zu sehen.

Der Motor stotterte, und eine laute Fehlzündung knallte durch die Stille der Nacht.

»Bitte, bitte, bitte! Spring an!« Erneut drehte Kerry den Zündschlüssel herum.

Und wieder stotterte der Motor, sprang aber nicht an.

In dem Moment, als er das Gaspedal durchtrat, schoss ihm durch den Kopf, dass er genau das nicht hätte tun sollen. Er drehte den Schlüssel. Nichts.

Der Wagen war abgesoffen.

Er konnte nichts anderes tun, als einen Moment abzuwarten.

Aber hatte er überhaupt noch Zeit? Er lauschte, ob irgendwo eine Polizeisirene zu hören war. Dann schaute er noch einmal zum Haus hinauf. Nichts passierte.

Das Haus ... dieses Haus ...

Im Keller gab es einen großen Hobbyraum. Dort stand eine Tischtennisplatte, ein Billardtisch – und eine Musikbox. Paneele aus knorrigem Kiefernholz an der einen Wand. Tapete mit roten und gelben Luftballons an einer anderen ...

Woher wusste er das?

Ob er wirklich schon einmal hier gewesen war? Konnte es sein, dass diese verängstigten, traurig wirkenden Leute ihn tatsächlich kannten?

Wer hatte sich bloß in diesem Hobbyraum aufgehalten? Warum konnte er sich an die Tapete erinnern, aber nicht an Gesichter, an irgendwelche Leute?

Kerry wurde es für einen Moment schwindlig. Es dauerte nur eine Sekunde, aber lange genug, dass er sich noch schlechter, noch ängstlicher fühlte.

Dieses Loch in seiner Erinnerung – es war riesig. War dieses Haus etwa eines der fehlenden Puzzleteile? Und wer war Amanda? Warum lebte sie nicht mehr? Warum konnte er sich nicht an sie erinnern? Hatte er sie überhaupt gekannt?

Und das Mädchen am Telefon in der vorletzten Nacht – hatte sie ihn hierher gelockt, als Teil eines bösen Scherzes? Hieß sie auch Amanda? Oder hatte seine bruchstückhafte Erinnerung ihm nur einen furchtbaren Streich gespielt?

Erneut drehte Kerry mit zitternden Händen den Schlüssel im Zündschloss herum. Der Wagen sprang sofort an. Kerry legte einen Gang ein und trat das Gaspedal durch. Mit quietschenden Reifen fuhr er von dem alten Haus fort, vorbei an den schweigenden Bäumen, vorbei an den undurchdringlichen Hecken und den vielen Geheimnissen, die sie verbargen.

Er fuhr ziellos in der Stadt umher, dann die Hügel hinauf, an seinem Elternhaus vorbei bis zum Johnson's Point, von wo aus man das ganze Tal und alle umliegenden Städte übersehen konnte. Er stoppte den Wagen ungefähr einen Meter vor der Felskante und machte den Motor aus. Außer ihm war niemand da.

Es begann zu regnen. Zunächst landeten nur einzelne Tropfen auf der Windschutzscheibe, dann ging der Regen in einen gleichmäßigen Schauer über. Kerry machte die Scheinwerfer aus, lehnte sich zurück und starrte wie hypnotisiert auf die Tropfen, die an der Glasscheibe hinunterliefen.

Ein paar Minuten später hörte der Regen wieder auf.

Kerry konnte seinen Blick gar nicht mehr von den vielen kleinen Tröpfchen auf der Windschutzscheibe abwenden. Jeder einzelne Tropfen spiegelte das Mondlicht wider. Tausende kleine Monde.

Es war eine bezaubernde Sinnestäuschung.

War sein Blind Date auch nur eine Sinnestäuschung gewesen? Hatte dieses Mädchen mit der erotischen Stimme ihn absichtlich an einen dunklen Ort aus seiner vergessenen Vergangenheit gelockt? Dann schoss ihm ein anderer Gedanke durch den Kopf, dessen Grausamkeit ihn frösteln machte. Konnte das Mädchen am Telefon eine Freundin von Sharon gewesen sein? Wollte sie Sharon helfen, sich an ihm zu rächen, weil er Sal das Bein gebrochen hatte?

Er konnte es einfach nicht glauben.

Nein, sagte er sich.

Nein, nein, und nochmals nein.

Er starrte auf die Tausenden kleinen Tröpfchen aus Mondlicht, und plötzlich fiel ihm die Erkenntnis wie Schuppen von den Augen. Er hatte sich *selbst* ausgetrickst.

Er *selbst* hatte sich zu dem alten Haus geführt, jenem Haus, das irgendeine Rolle in seiner verschütteten Vergangenheit gespielt hatte. Er *selbst* hatte den vertrauten Weg hinauf zu der vertrauten Eingangstür gewählt.

Das Mädchen am Telefon musste ihm eine andere Hausnummer genannt haben. Vielleicht hatte sie nicht einmal die Sycamore Street erwähnt. Kerry dämmerte plötzlich, dass er sich die Adresse, die sie ihm in großer Eile genannt hatte, nicht notiert hatte. Wie hatte er nur so dumm sein können?

Nun ... zum einen hatte er in einem dunklen Zimmer gesessen. Aber er hatte auch gar kein Bedürfnis verspürt, die Adresse aufzuschreiben. Sein Unterbewusstsein war bereits entschlossen gewesen, ihn zu dem Haus zu führen, in dem Amanda gelebt hatte.

Amanda.

War das wirklich der Name des Mädchens gewesen, das ihn angerufen hatte? Er war sich nicht mehr sicher. Vielleicht war es auch nur ein Name, den sein Gedächtnis hatte hören wollen.

Kerry starrte immer noch auf die Wassertröpfchen. Mit einem Mal glaubte er, in ihnen Frontscheinwerfer von Autos zu erkennen, Tausende von Scheinwerfern, die direkt auf ihn zukamen. Angst durchbohrte ihn wie ein Stich. Etwas versuchte mit Macht, sich in seine Erinnerung zu drängen. Dann verschwanden die Lichter wieder.

Kerry schloss die Augen. Er versuchte, sich die Stimme am Telefon in Erinnerung zu rufen, versuchte zu rekapitulieren, was sie gesagt hatte. Amanda. A-manda. Vielleicht hatte sie einen anderen Namen genannt, und er hatte Amanda *verstanden*. Vielleicht hatte sie auch eine andere Adresse genannt, und er hatte die Adresse Sycamore Street *verstanden*.

Diese blassen, traurigen Leute, die ihm in dem dunklen Haus die Tür geöffnet hatten – sie kannten ihn. Und sie waren entsetzt gewesen, ihn wiederzusehen.

Er setzte sich auf.

Genug. Das ist einfach zu viel.

Aber warte mal ...

Was war mit dem Blind Date? Was war mit Amanda, oder wie immer ihr richtiger Name lauten mochte? Sie musste zu Hause sein und sich fragen, wo zum Teufel er blieb!

Er hatte sie versetzt.

»Es war nett, die Zeit mit dir im Dunkeln zu verbringen«, hatte sie neckend mit dieser erotischen Stimme gesagt.

Und er hatte sie versetzt! Was war er nur für ein Blödmann!

Er startete den Wagen und legte den Rückwärtsgang ein. Die Reifen kamen auf dem vom Regen aufgeweichten Untergrund ins Rutschen, aber Kerry brachte sie rasch wieder unter Kontrolle und fuhr zurück auf die schmale Straße, die sich den Hügel hinunterwand.

Vielleicht hatte sie ja angerufen, um zu fragen, wo er steckte.

Wenn nicht – wie in aller Welt sollte er sie finden? Er hatte keine Telefonnummer. Er kannte ihre Adresse nicht. Ja, er war sich nicht einmal sicher, dass er ihren richtigen Namen wusste. Es würde nicht leicht werden.

Oh – einen Augenblick. Natürlich würde es leicht werden.

Er würde Margo anrufen. Margo hatte das mit dem Blind Date arrangiert. Sie würde ihm alles sagen können. Natürlich. Dann brauchte er Amanda nur noch anzurufen und ihr zu erklären, warum er sich verspätet hatte. Und *das* würde in der Tat nicht leicht werden.

Aber er konnte es zumindest versuchen. Josh würde ihn jedenfalls nicht mehr in Ruhe lassen, wenn er es nicht versuchte!

Er ließ den Wagen auf der Auffahrt stehen und rannte ins Haus. Alle Lichter brannten, aber es schien niemand da sein. »Sean! Hey – Sean!« Der Fernseher war aus. Das konnte nur bedeuten, dass Sean nicht zu Hause war. Auf dem Notizblock neben dem Telefon stand keine Nachricht für ihn.

Vielleicht hatte sie angerufen, vielleicht auch nicht.

Er würde Margo anrufen. Hatte er überhaupt ihre neue Nummer? Nein. Er würde bei der Auskunft nachfragen müssen.

»Familie Fremont. Irgendwo im Norden. Nein. Ich kenne die Adresse nicht. Nein. Ja – das muss sie sein!«

Kurz darauf begann Kerry, Margos Nummer zu wählen, zögerte dann aber. Es würde keine leichte Aufgabe werden, Margo zu erklären, was passiert war.

»Ähem, Margo, vielen Dank, dass du ein Blind Date für mich arrangiert hast. Kannst du mir ihre Adresse und die Telefonnummer geben? Und wie heißt sie noch mal? Ich hab's nicht richtig mitbekommen, als sie anrief. Weißt du, ich sollte sie eigentlich heute um acht Uhr abholen, ich bin aber stattdessen woanders hingefahren.«

Nun, wenn er dieses geheimnisvolle Mädchen jemals *wirklich* kennen lernen wollte, musste er Margo erzählen, was für ein Volltrottel er gewesen war. Er wählte die Nummer zu Ende.

Es läutete einmal. Zweimal. Dreimal.

Nach dem achten Klingeln legte er auf. Offensichtlich war keiner zu Hause.

In dem Moment, als der Hörer wieder auf der Gabel lag, klingelte das Telefon.

Kerry räusperte sich und nahm den Hörer dann wieder ab. »Hallo?«

»Die Fußknochen hängen am Knöchel ... der Knöchel hängt am Unterschenkelknochen ... der Unterschenkelknochen ... der Unterschenkelknochen ... *der Unterschenkelknochen ...*«

Die schrille, nasale Stimme wiederholte das Wort wieder und wieder, jedes Mal lauter und wütender, bis Kerry schließlich auflegte.

Kapitel 5

Das Läuten des Telefons ließ ihn aus dem Schlaf hochschrecken. Er schüttelte den Kopf, versuchte seine Augen trotz des hellen Morgenlichts, das durch die staubigen Fensterscheiben in sein Zimmer fiel, zu öffnen. Obwohl die Sonne ringsum eine freundliche Atmosphäre verbreitete, war sofort die Angst wieder da. Das Telefon war zu seinem Feind geworden, der ihn jetzt offenbar schon herausforderte, bevor er überhaupt wach war.

»Sean – geh ans Telefon!«, rief er mit verschlafener Stimme.

Aber es klingelte und klingelte immer weiter.

Kerry befreite sich aus seinem zerwühlten Bettzeug, stieß sich dabei heftig den Zeh an der Bettkante und angelte nach dem Hörer.

»Hallo, ist da Kerry?«

Es war sein Blind Date!

»Ja. Hi.« Er versuchte, den pochenden Schmerz in seinem Zeh zu ignorieren.

»Hier ist Mandy. Wo warst du gestern Abend?«

Mandy. Sie hieß Mandy. Warum hatte er Amanda daraus gemacht?

»Ich ... ich muss irgendwie die Adresse falsch verstanden haben«, sagte er stammelnd. Ihm war klar, dass er sich dabei wie ein Vollidiot anhörte. »Es ist ... hm ... es ist eine lange Geschichte. Es tut mir furchtbar Leid. Ich habe ein total schlechtes Gewissen.«

»Das will ich auch hoffen«, sagte sie und lachte dann. »Ich habe bis ungefähr zehn Uhr auf dich gewartet.«

Wie konnte ein Mensch so früh am Morgen schon so sexy klingen?

»Ich habe versucht, dich anzurufen«, antwortete Kerry, der allmählich wach wurde. »Ich hab noch nie jemanden versetzt. Ehrlich. Ich meine, so etwas ist mir noch nie passiert. Ich habe einfach –«

»Ich dachte, du hättest Probleme mit dem Auto gehabt oder so etwas«, bemerkte sie.

»Ich bin wirklich froh, dass du anrufst«, sagte er. »Ich hoffe, du bist nicht sauer. Ich –«

»*Natürlich* bin ich das«, antwortete sie. »Ich hatte mich so auf unsere Verabredung gefreut! Nach dem, wie Margo dich beschrieben hat ...«

Kerry spürte, wie er rot wurde, und war froh, dass sie ihn nicht sehen konnte. Komplimente brachten ihn immer total in Verlegenheit. Und mit dieser schmeichelnden Stimme hervorgebracht, raubte sie ihm beinahe den Atem.

»Ich möchte mich gern mit dir versöhnen«, sagte er und versuchte, seiner Stimme einen verwegenen Touch zu geben.

»Das möchte ich auch«, flüsterte sie.

Wow!

»Wie ist den jetzt deine richtige Adresse? Dieses Mal muss ich ja nicht im Dunkeln telefonieren, vielleicht bekomme ich sie jetzt endlich richtig mit.«

Sie kicherte. »Wir wohnen Sizemore Nummer 42, in der Nähe des alten Bahnhofs.«

Sizemore! Es klang ganz ähnlich wie Sycamore. Aber sie musste in jener Nacht am Telefon Sizemore gesagt haben.

»Es tut mir Leid, Mandy. Ich hatte deine Adresse offensichtlich einfach nur falsch verstanden«, wiederholte er. In Wahrheit dachte er fieberhaft darüber nach, warum er so offensichtlich ihren Namen und die Straße verdreht hatte. Er schüttelte den Kopf, als ob er dadurch den Nebel vertreiben könnte, der sein Gedächtnis trübte. »Lass uns noch einmal von vorn anfangen. Ich meine –«

»Das denke ich auch«, bestätigte sie sanft. »Ich habe eine Idee. Morgen habe ich meinen ersten Tag am Revere. Vielleicht könnten wir uns vor der Schule treffen, und du zeigst mir alles.«

»Klar«, sagte er, etwas enthusiastischer als geplant. »Das ist eine tolle Idee!«

»Ich hoffe, du denkst nicht, dass ich dich anmache«, sagte sie, plötzlich den Tonfall ändernd.

»Nein, nein. Ich mag das«, platzte Kerry heraus. Er fühlte, wie ihm wieder eine heiße Röte in die Wangen stieg. Warum kam er sich so blöd vor, wenn er mit ihr sprach? Noch nie hatte es jemand fertig gebracht, dass er sich dermaßen unbehaglich fühlte.

»Dass ich bei uns den ersten Schritt gemacht habe, heißt nicht, dass ich immer so bin«, sagte sie. Mandy lachte, also lachte er mit. »Manche Jungs können damit überhaupt nicht umgehen«, fügte sie hinzu.

»Oh ... mir macht das gar nichts aus«, sagte er.

Was für ein Meister der Untertreibung!

»Das ist das Netteste, das du bisher zu mir gesagt hast«, sagte sie und lachte wieder. »Ich finde jedenfalls nicht, dass ich zu forsch bin«, fuhr sie fort, »aber ich halte mich nicht unbedingt immer an die Spielregeln.«

Was für ein *Klasseweib*!

Für ein paar Sekunden schwiegen sie beide. Kerry fiel einfach nichts ein, was er hätte sagen können. Auf jeden Fall war er mittlerweile hellwach. Und dass sein Zeh inzwischen feuerrot geworden war und immer noch heftig pochte, fiel ihm gar nicht auf. Das Einzige, worauf er achtete, waren ihre Stimme, ihr Flüstern und ihr Lachen. Sie brachte ihn in Verlegenheit, und gleichzeitig musste er feststellen, wie wenig ihm das ausmachte.

»Ich muss gleich Schluss machen«, brach sie schließlich das Schweigen. »Aber bevor ich auflege, möchte ich, dass du mir noch irgendetwas von dir erzählst.«

Irgendetwas. Los, denk nach, Kerry. Mann, wie er es hasste, so in Zugzwang gebracht zu werden. Irgendetwas ...

»Tja ...« Er räusperte sich. »Manche Leute sagen, dass ich Ralph Macchio ziemlich ähnlich sehe – weißt du, diesem Schauspieler.«

Stille.

Er konnte ihren gleichmäßigen Atem hören, aber sie sagte nichts.

»Hm ... jetzt erzähl du mir irgendwas von dir«, sagte er, froh über diesen Einfall.

»Tja ...«

Jetzt dachte sie offenbar nach.

»Tja ... ich glaube, ich stehe auf Jungs, die wie Ralph Macchio aussehen«, flüsterte sie. »Bye.«

»Nein – warte!«, schrie Kerry förmlich in die Sprechmuschel. »Mandy – morgen früh vor dem Unterricht – woran kann ich dich erkennen?«

»Mach dir keine Sorgen«, sagte sie, »ich kenne dich.«

Sie legte auf.

Kerry stellte fest, dass er total durchgeschwitzt war. Er zog sein Schlafanzugoberteil aus uns warf es auf sein Bett. Er wollte gerade das Fenster öffnen, um etwas frische Luft hineinzulassen, als das Telefon erneut läutete.

Er lächelte. »Sie kann es einfach nicht erwarten«, sagte er laut vor sich hin und angelte nach dem Hörer. »Hi, du ...«

»Knüppel und Steine brechen *dir* die Beine. Bist du bereit zu sterben? Bis du bereit?« Die nasale, krächzende Stimme kreischte in sein Ohr, doch bevor er etwas antworten konnte, wurde aufgelegt.

War es Sharon Spinner? Die Stimme war zu verfremdet, zu entstellt, als dass er es hätte sagen können. Mit zitternden Händen legte er den Hörer zurück auf die Gabel. Ich muss in Ruhe darüber nachdenken, sagte er zu sich selbst.

Sharon. Sie gab sich stets als »Miss Perfekt«, war Anführerin der Cheerleaders und Mitglied in der Schülervertretung der Schule. Sie war stets korrekt gekleidet, nicht übertrieben modisch, sondern genau richtig, sauber und adrett. Er konnte sich einfach nicht vorstellen, dass sie solche Drohanrufe fertig bringen würde. Sharon ist eigentlich überhaupt nichts Besonderes, dachte Kerry. Sie war nur ein nettes Mädchen, durchschnittlich hübsch, freundlich, aber eben keine besonders schillernde oder interessante Persönlichkeit …

Und doch hatte sie ihn vor allen anderen bedroht. Die Erinnerung an die chaotische Szene auf dem Spielfeld schoss ihm durch den Kopf, als Sal mit geschlossenen Augen auf dem Rücken gelegen hatte, den Unterschenkel in diesem unnatürlichen Winkel verdreht. Sharon hatte neben ihm gehockt und Sals Kopf gehalten, mit verrutschtem Cheerleader-Trikot und wirrem Haar.

Er sah wieder ihr wütendes Gesicht vor sich, sah die Angst und Ungläubigkeit in ihre Augen. »Wie konntest du nur?«, hatte sie Kerry angeschrien.« Wie konntest du das nur tun? Du hast sein Leben ruiniert!«

Und dann später, auf dem Rücksitz des Wagens, den O'Brien lenkte, hatte sie ihren Kopf aus dem Fenster gesteckt. Kerry sah wieder den wilden Ausdruck ihrer Augen vor sich, erinnerte sich an den Hass, mit dem sie die Worte ausgespien hatte. »Das werd ich dir heimzahlen, Kerry! Das werd ich dir heimzahlen!«

Mit einem Mal konnte er sich doch vorstellen, dass es Sharon gewesen war, die ihn angerufen hatte.

Ihr Leben war so ordentlich und normal gewesen, so durchschnittlich – bis er dahergekommen war und es aus ihrer Sicht einfach auf den Kopf gestellt hatte. Er war in ihr sicheres, gleichförmiges Leben eingedrungen. Vielleicht war es das erste Mal gewesen, dass ihr jemand etwas derart Schwerwiegendes antat. Und jetzt schlug sie zurück, zahlte es ihm heim mit diesen gemeinen Anrufen.

Kerry nahm den Hörer ab. Er musste mit ihr reden. Wenn sie ihn nur erklären ließe, was wirklich passiert war …

Doch dann legte er wieder auf. Er beschloss zu warten, bis er ihr in der Schule begegnete. Sie würde niemals am Telefon mit ihm reden wollen. Vielleicht würde sie ihm jedoch zuhören, wenn er persönlich vor ihr stünde und von Angesicht zu Angesicht mit ihr reden konnte.

In Gedanken versunken duschte er und zog sich an. Vor seinem geistigen Auge erschienen Gesichter und verblassten wieder. Sal, sein schmerzverzerrtes Gesicht, dann noch einmal Sharon, deren Gesicht von denen des traurigen Ehepaars aus dem Haus in der Sycamore Street abgelöst wurde. Kerry versuchte, sie aus seinem Kopf zu verscheuchen und an Mandy zu denken. Aber er hatte sie ja noch nie gesehen, so dass ihm kein Bild vor Augen kam, mit dessen Hilfe er die unerwünschten Gesichter aus seinem Kopf hätte verbannen können.

Er polterte die Treppe hinunter, durchquerte das dunkle Wohnzimmer und ging in die Küche. Sein Vater war bereits auf und las die Zeitung. »Guten Morgen.«

»Guten Morgen«, erwiderte Lieutenant Hart, ohne aufzublicken.

»Wo ist Sean?«

»Sean?« Sein Vater warf ihm über die Zeitung hinweg einen gelangweilten Blick zu. »Du erwartest doch nicht wirklich, Sean an einem Sonntag vor dem Nachmittag zu sehen, oder?«

Kerry schaute zur Küchenuhr, eine blecherne Pfanne mit dunklen Ziffern rund um den Boden. Es war noch nicht einmal zehn Uhr. »Nein, eigentlich, nicht«, sagte er.

»Es ist noch Kaffee in der Kanne«, sagte sein Vater.

»Ich nehme mir nur ein paar Cornflakes.« Kerry ging zur Vitrine hinüber und nahm sich ein Schälchen heraus.

»Murdoch liegt immer noch im Koma«, sagte sein Vater.

Kerry ließ das Schälchen fallen. Es schlug hart auf dem Küchentresen auf und landete schließlich auf dem Linoleumboden. »Woher weißt du das?«

»Steht in der Zeitung. Seite eins«, antwortete sein Vater mit ausdrucksloser Stimme.

»Was?« Irgendwie wurmte es Kerry, dass sein Vater offensichtlich beschlossen hatte, völlig nüchtern über die Angelegenheit zu reden. »Wird mein Name erwähnt? Steht da, dass ich es war, der ihm das Bein gebrochen hat?«

Es entstand eine lange Pause, während der sein Vater den Artikel zu Ende las. »Nein.«

»Mein Name wird nicht erwähnt?« Mit zitternden Händen hob Kerry das unversehrte Schälchen auf.

»Das ist das Mindeste, was Stevens für dich tun konnte – deinen Namen heraushalten. Wie du dich vielleicht erinnerst, war Donald schließlich sein bester Spieler.«

»Ja, ich erinnere mich, Dad«, sagte Kerry entrüstet und knallte das Schälchen auf den Tresen. Er riss die Tür des Küchenschranks auf, um die Packung mit den Cornflakes herauszunehmen.

Ich habe noch nicht einmal gefrühstückt, und schon fängt er wieder an, über Donald zu reden, dachte Kerry.

»Willst du den Artikel lesen?«, fragte sein Vater, faltete die Zeitung zusammen und reichte sie ihm hinüber.

»Nein«, sagte Kerry wütender, als er es beabsichtigt hatte. »Ich war dabei, erinnerst du dich?«

»Schrei mich nicht an«, sagte sein Vater und rieb sich mit beiden Handrücken die Augen. »Du solltest auf dich selbst wütend sein – nicht auf mich.«

»Lies mir nur die Schlagzeile vor«, sagte Kerry. Vor lauter unterdrücktem Zorn verschüttete er die Hälfte seiner Cornflakes auf dem Boden. »Wie lautet sie – ›Quarterback-Superstar fürs ganze Leben ruiniert wegen stümperhaftem Idioten, den man am besten einsperren sollte‹?«

»Ja, irgendwas in der Art«, antwortete sein Vater, der sich ein Grinsen nicht verkneifen konnte.

»Hey – das gibt's doch gar nicht! Ich hab dich zum Lachen gebracht«, sagte Kerry überrascht.

»Was hättest du denn gern – dass ich in Tränen ausbreche?«, erwiderte sein Vater, schon wieder mit der üblichen Verbissenheit.

Das ist so typisch für ihn, dachte Kerry. Wenn ihm versehentlich eine winzig kleine menschliche Regung entschlüpfte, hatte er nichts Eiligeres zu tun, als sie schnell wieder zu unterdrücken. Trotzdem, fand er, hatte er einen kleinen Sieg errungen. Tatsache war, dass er dem alten Mann ein Lächeln abgerungen hatte, etwas, was ihm seit viel zu langer Zeit nicht mehr gelungen war.

»Was ist jetzt mit der Schlagzeile?«, fragte Kerry, während er im Kühlschrank nach der Milchtüte suchte. Er fand sie schließlich auf der Spüle, wo sein Vater sie hatte stehen lassen.

»Lies selbst. Ich muss los«, sagte Lieutenant Hart. Er schob die Zeitung quer über den kleinen Küchentisch zu Kerry hinüber.

Kerry zuckte die Achseln und nahm sie hoch. »Wenigstens steht es unten auf der Seite«, sagte er.

»Gut so«, antwortete sein Vater. »Man muss die Dinge immer positiv sehen.«

Die Schlagzeile lautete: REVERE – QUARTERBACK NACH BEINBRUCH IM KOMA.

Darunter stand eine kleinere Überschrift: SAISON FÜR DIE PANTER BEENDET, BEVOR SIE RICHTIG BEGONNEN HAT.

Kerry knüllte die Zeitung zusammen und warf sie auf den Tisch. Sein Vater trank den letzten Schluck Kaffee aus seinem Becher und stand auf. »Weißt du, Donald hätte wahrscheinlich –« Als er merkte, was er hatte sagen wollen, brach er ab und gab vor, husten zu müssen.

»Was?«, drängte ihn Kerry gereizt, fortzufahren.

Rede weiter – beende deinen Satz, Dad, dachte er. Lass ihn hören. Lass mich hören, was mein wunderbarer Bruder getan hätte.

»Nichts«, sagte sein Vater, und wischte sich den Mund mit seiner schmuddeligen Serviette ab. »Ich muss leider heute Morgen zum Dienst. Ein paar Idioten sind vergangene Nacht in den Lebensmittelladen eingebrochen und haben zwei Dutzend Säcke Getreide gestohlen. Kannst du dir das vorstellen?«

»Wie bitte?« Kerry starrte seinen Vater gedankenverloren an. Er hatte nicht ein Wort von dem, was er gesagt hatte, mitbekommen. »Dad, kann ich dich was fragen? Es hat was mit dem Gesetz zu tun.«

Sein Vater setzte die Dienstmütze auf und bemühte sich, sie in genau die richtige Position zu bringen. »Klar. Übrigens – wie war eigentlich deine Verabredung gestern Abend?«

»Och … gut. Super«, sagte Kerry und errötete.

»Hör mal, lass deinen nichtsnutzigen Bruder nicht den ganzen Tag verschlafen, okay?«

»Ja. Klar, Dad. Aber ich muss nachher weg. Josh und ich wollen auf dem Basketball-Feld hinter der Schule ein paar Bälle wechseln.«

»Pass auf, dass du ihm nicht die Beine brichst«, sagte Lieutenant Hart und grinste. »Tut mir Leid. Wir Cops haben eine merkwürdige Art von Humor. Übernimmt man vermutlich zusammen mit der Dienstmarke.«

»Dad – meine Frage …«

»Schieß los.«

»Ist es gegen das Gesetz – ich meine – ist es ein Verbrechen, wenn man jemandem am Telefon Angst einjagt? Weißt du – jemanden anruft und ihm irrsinnige Dinge sagt und ihm droht?«

»Meinst du obszöne Drohanrufe?«

»Nein. Eigentlich nicht obszön. Nur Drohungen.«

»Klar ist das ein Verbrechen«, sagte Lieutenant Hart und musterte Kerry interessiert. »Wen willst du denn anrufen?«

»Bleib doch mal ernst«, antwortete Kerry. »Es ist so ... es geht um einen meiner Freunde. Jemand ruft ihm immer wieder an und sagt am Telefon irgendwelche verrückten Dinge zum ihm. Meinst du, die Polizei würde –«

»Ach so. Einer deiner Freunde«, sagte Lieutenant Hart. »Da spielen also irgendwelche Jugendliche einem anderen einen Streich. Wieder mal Kids, die nichts Besseres zu tun haben. Nein, die Polizei würde das nicht ernst nehmen. So was kommt unter Jugendlichen immer wieder mal vor. Hör mal, vergiss bitte nicht, Sean zu wecken, bevor du gehst, okay?«

»Ja. Okay, Dad. Bis später.«

Lieutenant Hart war kurz darauf aus der Tür, und Kerry strahlte. Das war die ausführlichste Unterhaltung gewesen, die er mit dem alten Mann seit über einem Jahr geführt hatte.

Er schlang seine Cornflakes hinunter und wusch dann hastig das Schälchen in der Spüle ab. »Nur ein Streich unter Jugendlichen.« Sein Vater hatte Recht. Er musste die Nerven bewahren. Er musste es schaffen, dass ihm diese Anrufe nichts mehr ausmachten. Sharon, oder wer immer es war, würde ihrer über kurz oder lang sowieso überdrüssig werden. Klar, sie waren unerfreulich, aber welchen echten Schaden fügten sie ihm denn schon zu? Nur ein Streich unter Jugendlichen. Kerry fühlte sich schon ein bisschen besser. Er schnappte sich seine Jacke, ging zur Tür hinaus und war schon den halben Weg bis zur Bushaltestelle, als ihm einfiel, dass er vergessen hatte, Sean zu wecken.

Sean hat's gut, dachte er, während er sich langsam umdrehte und sich auf den Rückweg zum Haus machte. Der Typ hängt den ganzen Tag auf dem Sofa herum und schert sich nicht um den Rest der Welt. Er schien sich nicht einmal etwas daraus zu machen, dass Donald weg war. Falls doch, wusste er es auf jeden Fall gut zu verstecken.

Er ging durch die Küche und das Wohnzimmer ins Treppenhaus.

»Hey, Sean! Sean! Aufwachen! Okay?«, brüllte er.

Stille.

»Sean! Ich weiß genau, dass du mich hörst! Wach auf! Es ist Weihnachten! Komm runter und guck dir deine Geschenke an!«

»Hmm«, kam die schläfrige Antwort.

»*So* geht das!«, brüllte Josh, sprang über Kerry hinweg auf den Korb zu und versuchte, den Ball mit Wucht hineinzuschmettern. Der Ball berührte nicht einmal den Ring, prallte am Pfosten ab und hüpfte quer über das leere Basketball-Feld weg.

»Toller Wurf, du Könner!«, rief Kerry und jagte dem Ball nach, der mittlerweile bis zu dem hohen Gitterzaun gerollt war, der das Spielfeld umgab. »Du bist im Basketball genau so fit wie im Football.«

»Wenigstens bin ich noch in der Mannschaft«, sagte Josh. Er grinste und verdrehte die Augen.

Solch einen Spruch darf sich auch nur Josh erlauben, dachte Kerry. Trotzdem warf er mit dem Ball so fest er konnte in Richtung von Joshs Magengrube. Josh wich aus, fiel zu Boden, und der Ball flog über ihn hinweg. »Kein schlechter Pass«, sagte er.

Kerry zog ein Taschentuch aus seiner Jeans und wischte sich den Schweiß von der Stirn. Das Basketball-Feld hinter der Schule war mit Sicherheit der heißeste Ort der ganzen Stadt. Aus irgendeinem Grund brannte die Sonne hier immer besonders, selbst wenn es sonst überall eher kühl war, und der weiche Asphalt reflektierte die Hitze.

Doch Kerry machte das nichts aus. Es tat ihm gut, sich zu bewegen und zu schwitzen. Es war ein schöner, klarer Tag, so klar, dass man vom Spielfeld aus bis zu den Hügeln hinauf schauen konnte, einer jener späten Herbsttage, die einen glauben machen, dass es noch ewig dauern würde, bis der Winter kam.

Josh und er spielten hart – und schlecht.

»Du musst den Korb von vorn treffen, nicht von hinten«, kommentierte Kerry einen von Joshs Würfen.

»Das musst du mir gerade sagen!«, konterte Josh.

Ansonsten redeten sie nicht viel. Die einzigen Geräusche waren das Aufschlagen des Balls auf dem Asphalt, das leise Schaben ihrer Turnschuhe beim Rennen und Abbremsen, und die Rufe einiger Erstsemester, die auf einem der anderen Plätze spielten.

»Hier kommt Dr. J!«, brüllte Josh, täuschte mit seinem Körper einen Sprung nach rechts vor, stürzte dann aber links an Kerry vorbei, sprang neben dem Korb hoch und vergaß, den Ball loszulassen. Er landete mit dem Ball, den er wie ein Baby in seinem Arm hielt, auf dem Boden. Er stand auf, zuckte die Achseln und blieb plötzlich wie angewurzelt stehen!

»Mensch – Hart! Das hätte ich ja fast vergessen. Dein Blind Date!« Er ließ den Ball wegrollen und schlug sich mit der flachen Hand gegen die Stirn. »Wie war's? Wie ist sie? Wie konnte ich das nur vergessen? Wie konntest *du* das nur vergessen? Los, Mann, raus mit der Sprache!«

Kerry hatte geahnt, dass dieser Moment kommen würde. Er war überrascht, dass Josh so lange gebraucht hatte, bis er danach fragte. Er lief hinter dem Ball her, nahm ihn mit einer Hand hoch und begann, ihn um Josh herum zu dribbeln.

»Na los, Hart. Wie ist es gelaufen? – Tut mir Leid, was ich eben gesagt habe.«

»Das Date wurde … verschoben«, sagte Kerry.

Er versuchte, geheimnisvoll dreinzublicken. Es würde nicht leicht werden, das durchzuziehen, aber Kerry hatte nicht vor, Josh in alles einzuweihen. Er wollte ihm nichts von der falschen Adresse, dem falschen Namen und von dem Ehepaar erzählen, die so schockiert gewesen waren, ihn zu sehen.

Kerry war sich sicher, dass Josh etwas wusste über … über die Tragödie des letzten Jahres. Vermutlich wusste Josh sogar eine Menge mehr als Kerry, denn das ganze vergangene Jahr war nichts als eine Lücke, ein weißer Fleck in Kerrys Erinnerung.

Aber sie hatten nie darüber gesprochen.

Josh nahm wohl an, dass Kerry allein damit fertig werden musste, und dass er sich dafür alle Zeit nehmen musste, die er brauchte.

Die Tatsache, dass Josh niemals darüber sprach, was passiert war, dass er Donald nicht einmal erwähnte, war einer der Gründe dafür, warum die beiden so enge Freunde hatten bleiben können. Kerry wusste, dass er sich nicht wohl gefühlt hätte, wenn Josh über all die Dinge, an die er selbst sich nicht einmal erinnerte, hätte reden wollen. Wenn er ihm hätte helfen wollen, sich endlich zu erinnern.

»Verschoben? Du Blödmann – du hast gekniffen!«

»Nein, hab ich nicht«, protestierte Kerry, der den Ball in immer größeren Kreisen um seinen Freund herumdribbelte. »Wir haben unser Treffen verschoben.«

»Ich glaub dir kein Wort.« Josh versuchte, ihm den Ball aus der Hand zu schlagen, erwischte ihn aber nicht.

»Ich treffe mich morgen früh vor der Schule mit ihr, um sie herumzuführen«, sagte Kerry.

»Und du bist gestern Abend nicht mit ihr ausgegangen, obwohl sie kein Geheimnis daraus gemacht hat, dass sie total scharf auf dich ist?«

»Es hat einfach nicht geklappt«, sagte Kerry. Was ja auch der Wahrheit entsprach. Er holte aus und versuchte einen Korb zu werfen. Der Ball berührte seitlich den Ring und prallte zurück.

»Und das ist alles?« Josh konnte es immer noch nicht glauben. Kerry konnte es ihm nicht einmal verübeln, aber mehr würde er nicht erzählen.

Jetzt begann Josh zu dribbeln, stolperte über seine eigenen Füße, fiel hin und landete auf dem Ball. »Hey – ich glaube, allmählich kapiere ich dieses Spiel!«, sagte er. »Also, sie fängt morgen am Revere an, ja?«

»Ja«, antwortete Kerry und half Josh auf die Beine. »Wir haben heute Morgen lange telefoniert.«

»Hast du auch von mir gesprochen?«

»Natürlich nicht. Warum sollte ich?«, fragte Kerry.

»Warum tust du überhaupt irgendetwas?«, gab Josh zurück. »Ich kann einfach nicht glauben, dass du mit diesem Mädchen fest verabredet warst und dann –«

Er brach mitten im Satz ab, weil am anderen Ende des Spielfeldes jemand brüllte: »Da ist er!«

Kerry und Josh schauten sich um und entdeckten vier Jungs, die auf sie zugerannt kamen. Aus der Nähe erkannte Kerry, dass alle vier Sweatshirts in den gelbschwarzen Farben der Panter trugen. Der Junge an der Spitze trug einen Football unter dem Arm.

»Hey – Bugner!«, rief Josh. »O'Brien! Ich dachte, ihr seid zu Hause und lest die Sonntagszeitung! Was ist los? Habt ihr die Witzseite nicht verstanden?«

Außer Bugner und O'Brien erkannte Kerry Malick und Henderson, alles Spieler aus der Football-Mannschaft. Kerry spürte, wie sich sein Magen zusammenkrampfte und sein Herz zu pochen begann. Die vier kamen mit grimmig entschlossenen Gesichtern geradewegs auf ihn zu.

Kapitel 6

»Wir haben dich gewarnt – du solltest dich hier nicht blicken lassen, du Arschloch!«, brüllte Malick Kerry an. Er nahm den Football und schleuderte ihn in Kerrys Richtung. Der Ball prallte hart von seinem Brustkorb ab. Er schrie auf, mehr aus Überraschung als vor Schmerz.

»Wir haben hier niemanden gestört«, sagte Kerry und machte einen Schritt rückwärts.

»Du störst *mich*«, sagte Malick. Mit seinem roten Haar und den Sommersprossen im Gesicht wirkte er normalerweise eigentlich eher wie ein kleiner Junge. Aber jetzt, da er höhnisch grinsend auf Kerry zukam, mit vor Wut funkelnden Augen und die großen, fleischigen Hände zu Fäusten geballt, hatte er nichts mehr von einem niedlichen kleinen Jungen an sich.

»Mich störst du auch«, sagte Bugner, der offenbar versuchte, seine Stimme genauso bedrohlich klingen zu lassen wie die von Malick. Beinahe wäre ihm das auch gelungen.

»Affen äffen alles nach!«, rief Josh ihm zu.

Bugner drohte ihm mit der Faust. »Halt du dich da raus, Goodwin.« Er spuckte auf den Boden. »Wir haben nichts gegen dich – nur gegen die Freunde, die du dir aussuchst.«

Kerry schaute sich nach einer Fluchtmöglichkeit um. Er hatte schnell erfasst, dass es das Vernünftigste wäre, abzuhauen. Seine früheren Mannschaftskollegen waren bestimmt nicht hergekommen, um ein bisschen mit ihm zu plaudern. Aber er musste erkennen, dass er in der Falle saß, denn die Basketball-Felder waren auf drei Seiten von dem hohen Gitterzaun umgeben. Auf dem Weg zum einzigen Ausgang hätte er zwei Spielfelder überqueren müssen. Und das hätte er niemals geschafft.

Er schaute zur Sonne hinauf, die hell und klar am blauen Himmel stand, und fühlte, wie ihn plötzlich ein seltsames Gefühl der Stärke überkam. Er hatte sich entschieden. Er würde nicht vor diesen Typen weglaufen. Mit einem Mal fühlte er sich so rein und stark wie die gleißende Sonne. Er wusste, dass er im Recht war. Er wusste, was er zu tun hatte.

Er würde bleiben und sich ihnen stellen.

Kerry schaute zu Boden, spürte aber noch immer das helle Sonnenlicht in seinen Augen.

Malick machte als Erster einen Schritt auf ihn zu. Kerry warf ihm den Basketball an den Kopf. Malick duckte sich – und landete genau in Kerrys linker Faust. Sein Kiefer machte ein furchtbar knirschendes Geräusch.

»Auf geht's!«, brüllte Kerry mit einer Stimme, die er selbst noch nie gehört hatte.

Malick rang nach Atem und begann zu würgen. Er drehte sich um und taumelte auf den Zaun zu. Kerry rannte ihm nach, drehte ihn zu sich herum und gab ihm mit seiner rechten Faust einen weiteren Kinnhaken. Keuchend und würgend stürzte Malick auf den Asphalt.

»Hey, der hat ganz schön was drauf«, hörte er Bugner zu O'Brien sagen.

»Das war ein Zufallstreffer!«, brüllte O'Brien und

machte einen Schritt auf Kerry zu. Kerry sprang rasch zur Seite, drehte sich um und landete einen präzisen Karateschlag gegen O'Briens Hals. O'Brien fielen beinahe die Augen aus dem Kopf, während er hilflos zu Boden sank.

»Der hat echt was drauf... der ist knallhart«, stammelte O'Brien.

»Das war noch gar nichts!«, schrie Kerry. Er ging zu O'Brien, zerrte ihn vom Boden hoch und stemmte ihn über seinem Kopf in die Luft wie einen Sack Mehl. Wieder fühlte er nie geahnte Kräfte in sich aufsteigen. Seine Arme kribbelten, als stünden sie unter Strom. O'Brien schien so leicht wie eine Feder zu sein.

Mit einem Triumphschrei auf den Lippen warf Kerry O'Brien auf Bugner und Henderson zu, die ihn gerade angreifen wollten. Die beiden schrien vor Schmerz und Überraschung auf, als der schwere Körper auf sie herabfiel. Sie taumelten und landeten auf dem Boden.

»Kein schlechter Wurf, Kumpel!«, rief Josh, der jetzt an der Seite des Spielfelds stand.

»Wir geben auf! Wir ergeben uns! Bitte – hör auf!«, jammerten Bugner und Henderson.

»Stopp! Hört auf damit!«, ertönte eine andere Stimme, eine weibliche, vom anderen Ende der Tennisplätze her.

Bugner und Henderson befreiten sich von O'Brien und kamen strauchelnd wieder auf die Füße. Völlig erledigt versuchte O'Brien, sich hinzusetzen. Malick taumelte auf den Zaun zu und hielt sich, immer noch vor Schmerzen nach Luft japsend, daran fest.

Alle drehten sich um und beobachteten, wie ein Mädchen laut rufend auf sie zugerannt kam. »Stopp! Hört sofort auf damit!« Es war Sharon Spinner.

Sie kam direkt auf Kerry zu und legte ihm eine Hand auf die Schulter. Es dauerte einen Moment, bis sie wieder zu Atem gekommen war. »Was ist los? Was macht ihr hier?«, fragte sie, wartete die Antwort jedoch gar nicht erst ab. »Sal geht es besser. Er hat mich gerade aus dem Krankenhaus angerufen. Er wird wieder gesund!«

»Das nenne ich gute Nachrichten!«, rief Kerry glücklich.

»Er hat mich gebeten, allen zu sagen, dass es ein Unfall war«, fuhr Sharon fort, die Hand immer noch auf Kerrys Schulter. »Kerry hatte keine Schuld. Es ist Sal wichtig, dass ihr das alle wisst.«

Einen Moment lang herrschte überraschtes Schweigen, während die Jungen sich die Bedeutung ihrer Worte – Sals Worte – verinnerlichten.

»Ich glaube, ich muss mich bei dir entschuldigen«, sagte Sharon und schaute zu Boden. »Und ich denke, den anderen geht es ebenso.« Sie gab Kerry ein schnelles Küsschen auf die Wange.

»Ja, das glaub ich auch«, sagte O'Brien, der inzwischen wieder auf die Beine gekommen war. Er trat näher und schüttelte Kerry die Hand.

»Tut mir Leid, Hart. Nichts für ungut, Mann«, sagte Malick und hielt sich den gebrochenen Kiefer.

»Ja, nichts für ungut«, echoten Bugner und Henderson.

»Lasst uns die Sache vergessen«, sagte Kerry, den ein warmes Glücksgefühl durchströmte. »Vorbei ist vorbei. Okay?« Er lächelte.

Er schaute zur Sonne hinauf, die immer noch hell und klar am wolkenlosen Himmel stand.

Er ließ das gleißende Licht durch sich strömen. Immer noch lächelnd, schaute er wieder hinunter.

Sharon war fort. Sie hatte sich in Luft aufgelöst.

Kerry blinzelte. Blinzelte noch einmal. Da waren die vier wütenden Footballspieler. Sie kamen geradewegs auf ihn zu, bereit, ihn anzugreifen.

»Was gibt's da zu grinsen, kleiner Scheißer?«, fragte Malick. Sein Kiefer war offenbar unversehrt. Keiner von ihnen war verletzt. Es hatte gar kein Kampf stattgefunden.

Was für ein genialer Zeitpunkt für Tagträume, dachte Kerry.

Aber was war es für ein fantastischer Tagtraum gewesen!

Noch immer blendete das helle Sonnenlicht seine Augen, aber jetzt befand es sich wieder in der realen Welt.

»Sal ist im Krankenhaus – und du grinst!«, sagte Malick gerade bitter. Er hob seine große Faust und machte einen weiteren Schritt auf Kerry zu.

»Nein, warte einen Moment, Malick!« Kerry prellte den Basketball mit voller Wucht auf den Asphalt. »Sal wird euch bestätigen können, dass es ein Unfall war! Warum geht das nicht in eure dicken Schädel hinein?«

»Sal ist nicht hier, um es uns zu erzählen – nicht wahr, Hart?«, sagte O'Brien. Er zog die Ärmel seines Sweatshirts hoch, als wolle er sich auf den Kampf vorbereiten.

»Es gibt doch eigentlich keinen Grund, sich zu prügeln«, sagte Josh. Kerry bemerkte, dass auch er sich nach einer Fluchtmöglichkeit umsah, und dass er zu der gleichen unerfreulichen Einsicht gelangte wie Kerry. Die Erstsemester auf dem nächsten Spielfeld hatten ihr Spiel unterbrochen. In sicherer Entfernung lehnten sie an dem Zaun und schauten schweigend herüber.

O'Brien versetzte Josh einen heftigen Stoß und setzte sofort noch einmal nach. »Zisch ab, Knollennase.«

Josh sah aus, als wolle er etwas entgegnen, überlegte es sich dann aber wohl anders. Er wich zurück. »Hört mal, es gibt eine Menge Zeugen«, sagte er schließlich. »Ihr werdet damit nicht durchkommen. Ihr könntet genauso gut –«

»Durchkommen womit?«, fragte O'Brien. »Meinst

du, *hiermit* durchkommen?« Er zog seinen rechten Arm zurück, als wolle er ein Gewehr ansetzen, schoss ihn dann nach vorn und versetzte Kerry einen gewaltigen Schlag gegen das Brustbein. Kerry begann zu würgen und fiel auf die Knie.

»Was wollt ihr uns damit denn beweisen? Dass ihr Neandertaler seid?«, schrie Josh mit einer Stimme, die zwei Tonlagen höher als normal klang. »Lasst ihn in Ruhe!«

»Halt die Klappe, Goodwin!«, brüllte Bugner. Er drehte sich um und zerrte Kerry, der immer noch nach Luft rang, auf die Füße. Dann holte er mit der Faust aus, schlug erneut zu und verfehlte nur knapp Kerrys rechtes Auge. Blut troff aus einer Platzwunde auf seiner Wange.

O'Brien hielt ihn an den Schultern fest, als ob er ihn in die richtige Position bringen wolle. Dann versetzte er ihm mit voller Wucht einen Faustschlag gegen das Kinn. Kerrys Lippen platzten auf. Schon bald war sein Gesicht mit Blut beschmiert.

»Hey – das reicht, Leute!«, rief Malick, der nervös in Richtung der Basketballspieler auf dem anderen Feld blickte. »Übrigens – das war nur ein Unfall, Hart.«

Die vier bogen sich vor Lachen über Malicks Scherz.

»Hey – du hast meine Faust mit deinem Gesicht verletzt!«, schrie O'Brien wütend und hielt seine rechte Faust vorsichtig mit der linken Hand. Dann wirbelte er herum und platzierte seine linke Faust in Kerrys Magengegend.

Kerry stöhnte auf und ging erneut zu Boden. Er konnte vor Schmerzen nur noch flach atmen. Das Blut lief ihm über das Gesicht.

»Es war ein Unfall!«, wiederholte Bugner, »bloß ein Unfall!«

O'Brien machte mit dem Finger eine Drohgebärde zu

Josh hin, der schneeweiß und vor Angst zitternd am Zaun stand. »Und du hältst besser deine große Klappe, Goodwin. Man kann nie wissen, wann noch ein Unfall passiert – nicht wahr?«

Josh war zu geschockt, um antworten zu können. Er schaute weg.

Die vier Football-Spieler klatschten einander ab, als hätten sie gerade den entscheidenden Punkt gemacht, der den Sieg in einem Spiel bedeutete. Dann trotteten sie quer über das Basketball-Feld davon, mit grimmigen Gesichtern, aber triumphierend.

Josh lehnte sich gegen den Zaun, ließ seinen Kopf sinken und kämpfte gegen den Brechreiz. Es dauerte eine ganze Weile, bis er seinen Magen wieder unter Kontrolle hatte. Als er endlich aufhörte zu würgen, war er so benommen, dass er kaum laufen konnte. Er holte ein paar Mal tief Luft, bis er sich ein bisschen besser fühlte. Dann näherte er sich Kerry, um ihm zu helfen. Er lag immer noch leise röchelnd in seinem eigenen Blut, mit geschlossenen Augen auf dem heißen, dampfenden Asphalt.

Kapitel 7

Am nächsten Morgen begab sich Kerry schon früh zur Schule. Es war noch nicht einmal halb acht. Vor dem Schulgebäude wartete niemand auf ihn. Kerry ging zum Parkplatz an der Seite des Gebäudes und schaute sich mehrmals in alle Richtungen um. Niemand zu sehen. Also betrat er das Schulhaus.

Seine Schritte hallten in den leeren Fluren von den Wänden wider. Neben seinem Spind sah er ein Mädchen stehen. Es war groß, hatte hellblonde Haare und trug ein schlichtes, blaues Kleid, das fast wie eine Art Kittel wirkte.

Kerry ging auf das Mädchen zu und versuchte zu lächeln, aber seine geschwollenen Lippen wollten ihm nicht gehorchen. Er bemerkte, dass es ein Band mit roten und gelben Herzchen im Haar trug, jene Art Haarband, wie es kleine Mädchen gern tragen. Seine Augen waren blassblau, fast grau. Sie schienen beinahe durchsichtig zu sein, als seien sie aufgemalt, wie die Augen einer Porzellanpuppe.

Alles an dem Mädchen war hell und blass – außer seinen Lippen. Es hatte einen breiten Mund, den es zu einem noch breiteren Lächeln verzogen hatte, und es trug dunkelroten Lippenstift, der im Kontrast zu seiner puderweißen Haut noch dunkler und irgendwie deplatziert wirkte. Kerry ging durch den Kopf, dass das Mädchen ein wenig wie Alice im Wunderland aussah, mit Ausnahme dieser dunkelroten Lippen.

»Hi, bist du Mandy?« Das Sprechen kostete ihn eine große Anstrengung. Bei jedem Wort schmerzte sein ganzes Gesicht.

»Mandy?« Sie musterte ihn, als sei er ein Stück verdorbener Fisch. »Nein. Ich bin Sarabeth Hoskins. Und wer bist du?« Ihre dunklen Lippen verzogen sich zu einem spöttischen Grinsen.

Für einen Moment verschlug es ihm die Sprache. »Tut mir Leid«, sagte er schließlich.

Dann lachte sie, und er erkannte das Lachen wieder. »Mist, ich kann einfach nicht ernst bleiben«, sagte sie und legte ihm eine Hand auf die Schulter. Sie kniff ihn kurz und ließ ihre Hand dann wieder fallen. Sie war winzig, wie er bemerkte, wie die Hand einer Puppe. »Schön, dich endlich kennen zu lernen, Kerry.« Ihre Stimme war noch zarter und sanfter, als sie am Telefon geklungen hatte.

»Find ich auch«, sagte er. Er spürte immer noch die Stelle an seiner Schulter, wo sie ihn gekniffen hatte. Merkwürdige Art der Begrüßung, dachte er.

»Du siehst ja furchtbar aus«, bemerkte sie und musterte sein Gesicht.

»Ich – hm – ich bin heute Morgen aus dem Bett gefallen.«

»Lebst du auf einer Klippe, kurz vor dem Abgrund?« Sie lachte. Er versuchte, ebenfalls zu lachen, aber da sein Magen und seine Rippen sofort höllisch schmerzten, wurde er gleich wieder ernst. »Tut's weh?«, fragte sie mit mitleidiger Stimme.

»Nein, nicht sehr«, log er.

»Mann, ich lach mich tot! Ha ha!«

Wie brachte sie bloß dieses laute, schmutzige Lachen zu Stande? Kerry war überrascht. Ihre Stimme klang so sanft, so kindlich! Er fand, dass ihr Mund besser zu einem anderen Gesicht passen würde.

»Bitte – bring mich nicht zum Lachen«, sagte er und hielt sich die Seite.

»Tut mir Leid«, sagte sie rasch und biss sich auf die Unterlippe. »Ich fürchte, ich habe einen seltsamen Sinn für Humor.«

Kerry wollte protestieren.

»Aber ich habe auch ein paar gute Seiten«, fügte sie hinzu. Ihr roter Mund verzog sich zu einem schüchternen Lächeln. Es wirkte äußerst sexy, besonders auf diesem blassen, unschuldigen Gesicht.

Kerry versuchte abermals, zurückzulächeln, aber sogleich begann die Platzwunde auf seiner Wange zu pochen. Er befand sich wirklich in einer miserablen Verfassung. Es hatte ihn wahnsinnige Mühe gekostet, aus dem Bett zu kommen, und für ein paar Sekunden hatte er mit dem Gedanken gespielt, zu Hause zu bleiben, damit seine Wunden heilen konnten. Aber er hatte sie nicht schon wieder versetzen wollen. Das war absolut unmöglich.

Bei dem Versuch, sein Gesicht zu waschen, hatte er vor Schmerzen gebrüllt. Das warme Wasser brannte wie Säure. Aber es war die Sache wert gewesen. Jetzt war er froh, dass er sich gezwungen hatte, zur Schule zu gehen. Er betrachtete Mandy, die im schwachen Licht der Flurlampen unnatürlich blass wirkte und ihn mit ihren hellen Augen ansah. Kerry fand, dass sie hübsch war – auf eine ungewöhnliche Art und Weise.

»Ich möchte mich noch einmal für Samstagabend entschuldigen«, sagte er.

»Okay. Schieß los.«

»Entschuldigung.«

»Sehr redegewandt«, sagte sie. »Entschuldigung angenommen. So, was ist jetzt mit meinem Rundgang? Diese Schule ist größer, als ich erwartet hatte. Wie viele Leute sind hier?«

»Ich weiß es nicht.«

»Tja, ich ahne, dass ich auf dem Rundgang eine Menge lernen werde«, sagte sie und nahm ihn beim Arm. Ihre kleine Hand fühlte sich kalt an. Sie schien also auch etwas nervös zu sein.

»Wo sollen wir anfangen?«, fragte Kerry. Er fühlte sich wegen ihrer Berührung ein wenig unbehaglich. »In welche Klasse kommst du? Hat man dir das schon gesagt?«

»302«, sagte sie.

»Hopewell. Er ist ganz in Ordnung. Er macht gern blöde Scherze und lacht selbst am lautesten darüber. Aber du musst gar nicht hinhören. Komm mit, ich zeige dir, wo Raum 302 ist. Und danach gehen wir in die Cafeteria und die Bücherei.«

Nach und nach begannen ein paar weitere Frühaufsteher einzutrudeln. In den Fluren wurde es immer lauter. Zwei Mädchen, die Kerry nicht kannte, gingen an ihnen vorüber und starrten sie mit offenen Mündern an. Kerry vermutete, dass sie beide ein merkwürdiges Bild abgaben – dieses weißblonde Mädchen in dem altmodischen Kittelkleid und er mit seinem geschwollenen Gesicht, dessen Farbe große Ähnlichkeit mit einer Salamischeibe hatte.

»Du bist soeben an Raum 302 vorbeigegangen«, sagte Mandy und zog an seinem Arm.

»Oh, tut mir Leid.« Er schüttelte den Kopf, als wolle er dadurch seinem Gehirn auf die Sprünge helfen. »Ich bin heute Morgen etwas neben der Spur.«

»Vielleicht sollten wir uns einfach irgendwo hinsetzen«, schlug sie vor. »Zum Beispiel im Krankenzimmer.«

»Es geht mir gut«, sagte er schnell. »Hier ist die Cafeteria. Keiner isst hier freiwillig, aber manchmal hat man eben keine Wahl.«

»Du meine Güte, ist das ein Grün!«, staunte Mandy und drückte seinen Arm. »Ich glaube, ich habe noch nie einen Raum in einem solchen Grün gesehen.«

»Nach den Mahlzeiten wirkt er noch grüner«, sagte Kerry und lächelte. Dieses Mal tat es gar nicht mehr so weh. Vielleicht schwoll sein Gesicht ja langsam ab. Oder vielleicht hatte Mandy auch eine heilende Wirkung auf ihn. »Wo bist du vorher zur Schule gegangen?«, fragte er.

Die Frage schien sie zu überraschen. Ihre Augen weiteten sich einen Moment lang und ihr Mund formte ein großes O. »Ich habe eine Privatschule besucht … eine sehr private Privatschule«, antwortete sie, während sie sich nach einem Mädchen mit pinkfarbenen Haaren umdrehte, das eine Jacke aus unechtem Leopardenfell trug.

»Wo denn?«

»Was?« Sie wirkte beunruhigt.

»Wo war denn die Schule?«

»An einem sehr privaten Ort natürlich.« Sie lachte. »Du kennst ihn bestimmt nicht.«

»Und wo kommst du her?«

»Von überall und nirgendwo. Wir sind häufig umgezogen. Jetzt komme ich hierher.«

»Tja, ich merke schon, ich werde bei unserem Rundgang auch eine Menge erfahren!«, sagte Kerry.

Sie lachte und kam etwas dichter an ihn heran, so dass ihr blaues Kleid ihn berührte. »Ich gebe mich gern geheimnisvoll«, sagte sie mit flüsternder Stimme, die ihn an eine typische Spionin aus einem Film erinnerte.

»Das gelingt dir sehr gut«, bestätigte er.

Sie rückte ein Stück von ihm ab und ließ seinen Arm los. »Wo sind wir jetzt?«

»Das ist das Büro des stellvertretenden Schulleiters«, sagte er.

»Wie ist er denn so?« Sie lächelte Kerry an, lehnte sich an ihn und legte ihren Kopf für einen winzigen Moment an seine Schulter. Es war nur eine kleine, völlig unschuldig wirkende Geste, aber sie machte Kerry völlig verrückt.

Wie werde ich jemals wieder an etwas anderes denken können als an dieses Mädchen?, fragte er sich. Er spürte, dass sie ihn bereits in ihren Fängen hatte, dass sie es geschafft hatte, ihn mit ein paar Lächeln und Berührungen für sich zu gewinnen.

Ob sie das absichtlich tat?

Kerry redete sich ein, dass sie sich aus purer Unsicherheit derart an ihn klammerte. Es war schließlich nicht leicht, an einer neuen Schule zu beginnen – besonders wenn man irgendwoher kam, wo alles völlig anders gewesen war. Und Revere hatte so wenig mit einer exklusiven Privatschule zu tun, wie es nur möglich war. So gingen nur ungefähr zwanzig Prozent der Jugendlichen, die hier ihren Abschluss machten, danach auf ein College, und die meisten von denen wiederum besuchten ein zweijähriges College in der Nähe. Und offensichtlich kleideten sich die Schüler dort, wo sie herkam, um einiges korrekter.

»Du warst in eine Prügelei verwickelt – stimmt's?«, fragte sie plötzlich. Ihre Stimme hatte etwas Vorwurfsvolles.

»Ja. Beinahe hätte ich auch gekämpft«, sagte Kerry, der sich nur zu gut an die harten Fäuste in seinem Gesicht erinnerte, und daran, wie er nach Luft gerungen hatte. Er seufzte leise.

»Verhältst du dich oft wie ein Macho?«, fragte sie provozierend.

»Jeden Tag«, antwortete er sarkastisch. »Es geht nichts über eine gute Schlägerei vor dem Frühstück. Dadurch werde ich morgens erst richtig wach.«

»Sarkasmus liegt dir nicht besonders«, bemerkte sie und zog mit ihren dunklen Lippen eine Schnute.

»Ich werde darin aber immer besser«, erwiderte er.

Er stellte fest, dass er versuchte, sich genauso geheimnisvoll zu geben wie sie. »Schau, Mandy, ich möchte einfach nicht darüber reden. Es gab ein Missverständnis, und ein paar Jungs glauben, dass ich etwas getan habe, was einfach nicht stimmt. Also haben sie mir die Seele aus dem Leib geprügelt. Es hatte mit Macho-Verhalten nichts zu tun und ist auch nicht besonders interessant oder so. Ich werde dir die Wahrheit sagen – es war die erste Schlägerei, in die ich jemals verwickelt wurde. Und ich hoffe bloß, dass –«

»Ist das die Sporthalle?«, unterbrach Mandy ihn. Er hatte den Eindruck, sie habe ihm überhaupt nicht richtig zugehört. »Gibt es getrennte Sporthallen für Jungen und Mädchen?«

Kerry verzog verärgert das Gesicht. Dass sie so schnell abgelenkt war, verletzte ihn. Immerhin hatte er ihr gerade eine sehr persönliche und dramatische Geschichte erzählt. Sie musste ihn zwar nicht gleich mit Mitleid überschütten – schließlich hatten sie sich soeben erst kennen gelernt –, aber sie hätte wenigstens so tun können, als höre sie ihm zu.

»Nein, es gibt nur eine Sporthalle«, antwortete er mürrisch. »Hier findet Sport nur in gemischten Gruppen statt.«

»Das ist gut«, gurrte sie, was schon wieder äußerst sexy klang.

»Im letzten Jahr wurde bei der Stadt der Bau eines Schwimmbads beantragt, aber es gab zu viele Gegenstimmen. Alles was mit dem Revere zu tun hat, wird abgelehnt.« Kerry öffnete die Tür, und jener vertraute Geruch, der allen Sporthallen zu eigen ist, schlug ihnen entgegen.

Mandy schaute auf ihre Uhr. Er hatte keine Ahnung, ob sie gelangweilt war oder nur etwas nervös, weil es ihr erster Tag an dieser Schule war. Er nahm an, dass sie nervös war. »Es wird bald klingeln«, sagte er. »Du kannst mit zu meinem Spind kommen, wenn du möchtest. Er liegt ganz in der Nähe von deinem Klassenraum.« Sie schenkte ihm ein warmes Lächeln, das ihr ganzes Gesicht strahlen ließ. Sie bahnten sich einen Weg durch das lärmende Getümmel, das mittlerweile in der Eingangshalle herrschte.

»Hey, Hart – wo hast du denn die dicke Lippe her?«

Er wusste nicht, wer ihm das zugerufen hatte.

»Ist das dein Gesicht – oder hast du vergessen, den Müll rauszubringen?«

»Nette Freunde hast du!«, Mandy versuchte, das Stimmengewirr und Getöse der klappernden Spindtüren zu übertönen.

»Sie halten sich alle für absolut cool«, murrte Kerry.

»Wie bitte?«

»Schon gut.«

Sie bogen um eine Ecke und blieben direkt vor Kerrys Spind stehen. »Dein Klassenraum ist gleich da drüben, weißt du es noch?«, fragte er.

»Es ist wirklich nett von dir, dass du extra so früh hergekommen bist und mir alles gezeigt hast«, sagte sie und schlug die Augen nieder. Dann ergriff sie seine Hand und schüttelte sie. Ihre kleine, kalte Hand umklammerte die seine fest, fast zu fest.

»Ich – hm – ich wollte dich eben gern sehen«, erwiderte er. »Hör mal, am Sonntagabend gibt es hier in der Schule eine – äh – eine Party, eine Art Herbstball oder so etwas.«

»Wie schön«, sagte sie. Wieder lächelte sie ihn mit strahlendem Gesicht an. »Dann werde ich eben eine Woche später dein Blind Date sein.«

»Das klingt gut«, antwortete er.

Die Eingangshalle war mittlerweile fast leer. Die meisten Jugendlichen waren schon in ihre Klassenräume gegangen.

»Meinst du, du wirst unser Haus dieses Mal finden?«, fragte sie. »Ich weiß was – wir treffen uns einfach hier in der Schule.« Sie schien sich nicht von ihm losreißen zu können. Dieser Gedanke ließ Kerry unwillkürlich lächeln.

»Gute Idee«, sagte er.

»Also ... ich denke, wir sehen uns ...«, sagte sie langsam.

Sie ist schön, dachte er. Sie ist auf eine ungewöhnliche Art schön.

Er drehte sich um und öffnete seinen Spind.

»*Oh nein*!«, kreischte sie auf.

»Ich glaube es einfach nicht!«, rief er im selben Moment.

Sie starrten in den engen Spind. Die Innenwände, seine Hefte und Bücher – alles war über und über mit Blut beschmiert.

Mandy ergriff seinen Arm und drückte ihn fest. Sie starrte Kerry an, und in ihren blauen Augen stand Sorge und Verwirrung geschrieben. »Kerry«, sagte sie mit zitternder Stimme, »könnte es sein, dass irgendjemand dir Böses will?«

Kapitel 8

Das Blut entpuppte sich als rote Farbe. Aber das machte den Tag für Kerry auch nicht gerade leichter.

Als Erstes musste er sich bei seinem Klassenlehrer entschuldigen, weil er zum Büro des Schulleiters gehen und sich neue Bücher besorgen musste. Der Schulleiter, Mr. Conquest, war ein sanftmütiger, fast schon weichlicher Mann, der stets in einer abgetragenen grauen Strickjacke herumlief, die ihm mehrere Nummern zu groß war. Meistens hatte er eine erloschene Pfeife im Mund. Als Kerry ihm erzählte, warum er neue Bücher benötigte, wurde er ziemlich ärgerlich.

»Das ist kein dummer Schülerstreich«, sagte Conquest und klopfte mit dem Pfeifenkopf auf die Platte des Schreibtischs, um seinen Worten mehr Nachdruck zu verleihen. »Das ist der reine Vandalismus. Ich kann solche Art mutwilliger Zerstörung von Schuleigentum nicht tolerieren.«

Kerry saß auf der anderen Seite des Schreibtischs auf einem unbequemen Stuhl. Sein geschwollenes Gesicht schmerzte, und seine Hände waren voller roter Farbe. »Ja, ich weiß«, sagte er ruhig. Aber als Conquest ihn fragte, ob Kerry irgendeine Idee hätte, wer die Farbe in seinen Spind geschmiert haben könnte, zuckte er mit den Achseln.

»Was ist mit deinem Gesicht passiert?«, fragte der Schulleiter und beugte sich zu ihm hinüber. »Das sieht ja furchtbar aus.«

»Es fühlt sich auch furchtbar an«, antwortete Kerry. »Ich war in eine Schlägerei verwickelt.«

»Mir scheint, du solltest jemandem von deinen Problemen erzählen«, sagte Conquest, der immer noch auf Kerrys Gesicht starrte. »Bist du sicher, dass du mit niemandem darüber reden möchtest? Es kann einem helfen, weißt du.« Der Typ ist gar nicht so schlecht, stellte Kerry fest. Er schien sich ein wenig Menschlichkeit bewahrt zu haben, was man von den anderen Mitgliedern der Schulverwaltung kaum behaupten konnte.

»Ich glaube nicht, dass es mir helfen würde«, sagte Kerry. »Mit dieser Sache muss ich allein fertig werden.«

Conquest blickte in schweigend an. Dann nahm er seine Pfeife in die Hand und klopfte sie leicht gegen seine Handfläche. »Vielleicht sollten wir eine Schulversammlung einberufen, um über den Zerstörungsakt zu berichten«, sagte er gedankenverloren.

»*Nein!*« Kerry sprang auf.

Conquest fuhr zurück und kippte vor Überraschung beinahe mit seinem Stuhl nach hinten.

»Bitte nicht«, sagte Kerry, »dadurch würde ich nur noch mehr Ärger bekommen. Ich werde schon aufpassen. Wirklich, das verspreche ich.«

»Bisher scheint dir das ja hervorragend zu gelingen«, sagte der Schulleiter, der offenbar seine Fassung wiedererlangt hatte. »Es hängt mit diesem Unfall letzte Woche auf dem Football-Feld zusammen, nicht wahr?«

Kerry nickte.

»Murdoch ist aus dem Koma erwacht«, fuhr Conquest fort und saugte an seiner Pfeife.

»Oh, das ist großartig!«, rief Kerry.

»Es war wohl ein Trauma, das durch den Unfall ausgelöst wurde. So etwas gibt es. Jetzt geht es ihm schon besser – mit Ausnahme seines Beines, versteht sich.«

»Großartig«, wiederholte Kerry. Das war die erste gute Nachricht seit langem.

»Er darf in den nächsten Tagen noch keinen Besuch empfangen. Aber das ist ja auch verständlich. Hör zu, Kerry, jetzt werden wir dir erst mal ein paar neue Bücher heraussuchen. Und diesen gemeinen Angriff auf dein Eigentum werden wir zunächst nicht weiter an die große Glocke hängen ...«

»Vielen Dank, Mr. Conquest. Ich –«

»Aber wenn noch einmal etwas in der Art passiert, möchte ich, dass du zu mir kommst und mir Bescheid sagst. Einverstanden?«

»Okay«, sagte Kerry und stand auf. Was hätte er auch anderes erwidern können? Einen Moment lang überlegte er, ob er Conquest etwas von den Drohanrufen erzählen sollte. Aber diese Idee verwarf er sofort wieder. Was hätte der Schulleiter denn schon tun können? Eine Schulversammlung einberufen? Das würde bestimmt wahnsinnig viel bewirken!

Er bedankte sich erneut bei Mr. Conquest und verließ dann sein Büro. Als er in der Eingangshalle ankam, klingelte es gerade zur zweiten Stunde. Kerry stand unmittelbar unter dem Lautsprecher, und das plötzliche Klingeln erschreckte ihn so, dass er beinahe einen Satz gemacht hätte. Er drehte sich um, um sich auf den Weg zu seinem Klassenraum zu machen – und lief geradewegs in Sharon Spinner hinein.

»Autsch!«, schrie sie auf. Sie übertrieb, denn so heftig waren sie nun auch nicht zusammengestoßen.

»Mensch – willst du *mir* jetzt auch noch ein Bein brechen?«

»Sharon, ich muss mit dir reden.«

»Wahnsinn, jetzt bekomm ich aber Herzklopfen! Hast du schon gehört, dass Sal aus dem Koma erwacht ist?«

»Ich hab's gerade eben erfahren«, antwortete Kerry, der sich bemühte, mit ihr Schritt zu halten, während sie so schnell sie konnte die Eingangshalle durchquerte. »Ich bin sehr froh darüber. Hast du schon mit ihm sprechen können?«

»Noch nicht«, warf sie über die Schulter zurück. »Vor morgen darf niemand ihn besuchen oder mit ihm sprechen.«

»Sharon, ich muss mit dir über diese Telefonanrufe reden.«

Sie ging einfach weiter.

Aber Kerry wertete es als positives Zeichen, dass sie überhaupt bereit war, sich mit ihm zu unterhalten. Sie schien immer noch sauer zu sein, aber offensichtlich hatte sie ihren Zorn jetzt unter Kontrolle.

»Welche Telefonanrufe?«

»Ich denke, du weißt genau, was ich meine.«

Sie fuhr ärgerlich herum und stieß dabei mit zwei anderen Schülern zusammen, die zufällig auf der anderen Seite neben ihr herliefen. »Ich habe keine Zeit und auch kein Interesse, mir irgendwelche blödsinnigen Geheimnisse anzuhören, Hart«, sagte sie mit zusammengekniffenen Lippen und blitzenden Augen. »Trotzdem, wen willst du denn anrufen?«

»Sharon – diese Anrufe ...«

Die Schulglocke ertönte abermals.

»Lass mich in Ruhe!«, rief sie, wandte sich ab und rannte auf Raum 234 zu, der am Ende der inzwischen wieder fast leeren Halle lag. »Lass mich doch einfach in Ruhe! Du hast schon genug angerichtet!«

Sie verschwand in ihrem Klassenraum.

Miss MacCurdy steckte ihren Kopf aus einer Tür und

starrte Kerry an. »Du bist spät dran, junger Mann. Wo hast du jetzt Unterricht?«

Es fiel ihm einfach nicht ein.

Womit bewiesen war, dass dies absolut nicht sein Tag werden würde.

Den ganzen Vormittag über musste Kerry an Mandy denken. Es gelang ihm einfach nicht, seinen Kopf freizubekommen und sich auf den Unterrichtsstoff zu konzentrieren.

Viele seiner Mitschüler sprachen wegen der Sache mit Sal kein einziges Wort mit ihm. Sie gaben sich alle Mühe, Kerry durch ihr Verhalten klar zu machen, was sie von ihm hielten.

Die anderen wollten nur darüber sprechen, wie fürchterlich er aussah. Das wiederum war nicht unbedingt ein Gesprächsthema, auf das Kerry scharf war.

Nach der letzten Stunde suchte er Mandy, konnte sie aber nirgendwo entdecken.

Kerry fuhr mit dem Bus nach Hause. Während er die Hügel hinauf schaukelte, hing er trübsinnigen Gedanken nach. Er fühlte sich plötzlich einsam und hatte großes Mitleid mit sich selbst. Zu Hause lag Sean wie immer auf dem Sofa und sah sich Wiederholungen alter Sitcoms an, was Kerrys Stimmung nicht unbedingt aufhellte. Sean merkte, dass Kerry sich ziemlich mies fühlte. Er bot an, auf MTV umzuschalten – ein für Seans Verhältnisse ungewöhnlich großzügiges Angebot –, aber Kerry lehnte dankend ab und ging auf sein Zimmer.

Nach dem Essen, das aus in der Mikrowelle zubereiteten Hamburgern bestanden hatte, ging Kerry gleich wieder auf sein Zimmer. Er beschloss, früh zu Bett zu gehen. Schlaf schien ihm die beste Möglichkeit zu sein, dem Pochen und den Schmerzen in seinem malträtierten Körper zu entfliehen. Obwohl es erst acht Uhr war, schlief er sofort ein.

Er hatte einen intensiven Traum, einen, den er schon öfter geträumt hatte.

Ein strahlend blauer Himmel war von Streifen weißer Schönwetterwolken durchzogen und wurde von der Wasseroberfläche eines gemächlich dahinfließenden Flusses reflektiert.

Kerry und Donald saßen in einem Kanu. Donald lächelte entspannt und tauchte sein Paddel nur hin und wieder träge ins Wasser. Im Gegensatz dazu paddelte Kerry völlig hektisch, versuchte verzweifelt, zu Donald aufzuschließen, obwohl sie in ein und demselben Boot saßen.

Ihre Eltern – Mutter und Vater – standen zusammen am Ufer. Sie hielten sich im Arm und feuerten die Brüder an, weiterzufahren.

Kerry fühlte sich großartig. Die Sonne brannte auf sie herunter, und sein ganzer Körper war warm. Das Wasser spritzte und glitzerte, wenn Donald und er die breiten roten Paddel bewegten.

Donald grinste zu ihm herüber. »Du bist großartig, Junge. Du bist wirklich großartig!«, sagte er und blinzelte mit den Augen, wie er es immer tat, wenn er glücklich war. Donald war der Einzige in der Familie, der auf diese Art mit den Augen blinzeln konnte.

Kerry paddelte schneller und schneller, angespornt durch Donalds Worte.

Doch plötzlich wurde er sich einer furchtbaren Tatsache bewusst. Er wusste, ohne es sehen zu können, dass sie auf einen senkrechten Abgrund zufuhren, einen steilen, tosenden Wasserfall.

Er blickte zu Donald hin, der am anderen Ende des Kanus saß. Donald lächelte immer noch, lehnte sich entspannt zurück, tauchte hin und wieder lässig das Paddel ein und genoss die warme Sonne. Donald wusste nichts von dem Wasserfall.

»Das macht ihr gut, Jungs!«, rief ihnen die Mutter vom Uferrand aus zu. Ihr schwarzes Haar flatterte in der leichten Brise, die vom Wasser her wehte.

Plötzlich wurde Kerry klar, dass nur er von dem Wasserfall wusste.

Ihm war klar, dass er Donald hätte warnen müssen. Aber stattdessen paddelte er nur wie wild weiter.

»Super! Klasse, Jungs! Ich bin so stolz auf euch!«, brüllte ihr Vater vom Ufer her und führte seine Hand in einem übertriebenen militärischen Gruß an die Dienstmütze.

Kerry paddelte weiter. Er wusste, er hätte es Donald sagen müssen – jetzt sofort. Er kämpfte mit sich. Nein, er wollte es ihm nicht sagen. Doch – er würde es tun. Nein.

Warum erkannte nicht auch Donald, dass sie auf einen Wasserfall zutrieben?

Warum war er, Kerry, der Einzige, der es wusste?

Näher, immer näher ... Das tiefblaue Wasser begann zu wirbeln und zu sprudeln und wirkte plötzlich weiß und eisig kalt.

Dann weckte ihn das Telefon aus seinem Traum.

Ob er Donald wohl doch noch vor dem Wasserfall gewarnt hätte? Oder wäre er immer weiter in die sichere Katastrophe gesteuert?

Kerry schüttelte die letzten Traumfetzen von sich ab und starrte auf den Wecker. Es war ein Uhr nachts. Wie lange hatte das Telefon schon geklingelt?

Ein Uhr nachts.

Wieder klingelte es.

Wann würde sie endlich damit aufhören? Was bezweckte sie nur damit?

Er griff nach dem Hörer. Dieses Mal würde er sie an

der Strippe behalten. Er wollte ihr endlich seine Meinung sagen. Was zu viel war, war zu viel.

»Also, hör zu –«, legte er sofort mit ärgerlicher Stimme los.

»Hey, Mann – hast du sie getroffen? Wie war sie?«

»Josh?«

»Ja, ich bin's, Josh. Wie schnell die Leute einen doch vergessen! Ich war nur einen einzigen Tag nicht in der Schule, Kerry.«

»Tut mir Leid, ich – ähem – ich hatte schon geschlafen. Wahrscheinlich schlecht geträumt oder so.«

»Seit wann musst du denn schlafen, um zu träumen?«

Kerrys Herz raste immer noch. Er atmete tief durch. »Wo warst du denn heute?«

»Magen verdorben.«

»Na ja, klar. Das glaub ich dir gern«, antwortete Kerry sarkastisch.

»Du hättest dir auch den Magen verdorben, wenn du dich gestern gesehen hättest!«, fuhr Josh fort. »Geht's dir denn besser?«

»Spitzenmäßig«, sagte Kerry mürrisch.

»Hatte heute schon wieder jemand die tolle Idee, mit deinem Gesicht Handball zu spielen?«

»Nein. Aber sie haben rote Farbe in meinen Spind gekippt«, erzählte Kerry.

»Cool.« Josh schwieg für einen Moment. Dann sagte er: »Wenigstens brauchst du dich nicht wie alle anderen darum zu sorgen, dass dich keiner kennt. Du *weißt* jedenfalls, dass dich alle wie die Pest hassen!«

»Sehr komisch«, erwiderte Kerry gähnend. »Darf ich jetzt vielleicht weiterschlafen, nachdem du mich so aufgeheitert hast?«

»Nein.« Josh blieb hartnäckig. »Was gibt's Neues über Mandy? Ich habe dich eigentlich nicht angerufen, um über dich zu reden. Hast du sie getroffen? Ist sie in natura genauso sexy wie am Telefon? Oder ist sie bloß ein Mäuschen mit 'ner großen Klappe?«

»Ja, ich habe sie getroffen«, sagte Kerry. Obwohl er den ganzen Tag lang an nichts anderes als an Mandy gedacht hatte, fiel es ihm jetzt schwer, irgendetwas über sie zu erzählen. »Sie ist wirklich ... nett.«

»Oh, aha«, antwortete Josh. »Nett, hmm.«

»Sie ist ... sexy«, fügte Kerry hinzu. »Sie ist wirklich anders als die anderen.«

»Hat sie dich angemacht, Kerry? Los, Mann, *mir* kannst du das doch erzählen.«

»Tja, sie ist ... hm ... wie soll ich sagen ...«

»Ich weiß, ich weiß. Du hebst deine Unschuld für die Hochzeitsnacht auf. Hey – das war ein wirklich informatives Gespräch, Kerry. Ich hätte wohl besser eine Service-Nummer der Telefongesellschaft angerufen. Dann hätte ich wenigstens die Uhrzeit und die aktuellen Temperaturen erfahren.«

»Halt mal die Luft an, Josh. Ich hatte schon geschlafen. Und mein Kopf hämmert wie verrückt.«

»Hey, stimmt ja überhaupt«, sagte Josh. »Du musst bei Mandy ja wirklich Eindruck geschunden haben – mit einem Gesicht, das aussieht wie ein gekochter Kohlkopf.«

»Du weißt doch immer genau, wie du mich verletzten kannst, Mann«, antwortete Kerry. »Hey, hast du schon gehört? Sal geht's besser. Gestern ist er aus dem Koma erwacht.«

»Und wann erwachst du aus deinem?«

»Was soll das?«

»Hey, tut mir Leid – sollte ein Scherz sein, Kerry. Das mit Sal ist ja wirklich toll. Echt. Du bist offensichtlich ein bisschen gereizt heute Nacht, oder?«

»Gereizt? Ich weiß nicht, warum ich gereizt sein sollte«, knurrte Kerry. »Man hat mich zusammengeschlagen. Nachts bekomme ich ständig irgendwelche Drohanrufe. Jemand beschmiert meinen Spind mit Farbe …«

»Nicht zu vergessen, dass dich jeder in der Schule hasst wie die Pest«, fügte Josh hinzu.

»Ja genau. Vielen Dank. Du bist wirklich eine große Hilfe.«

Sie lachten beide.

»Okay«, sagte Josh plötzlich. »Das war's. Ich wollte nur hören, ob du überhaupt noch lachen kannst. Gute Nacht.« Und er legte auf.

Kerry saß im Dunklen und hielt den Hörer mit der einen Hand umklammert. »Durchgeknallte Freunde habe ich«, sagte er laut zu sich selbst.

Er kletterte zurück ins Bett. Sein ganzer Körper tat ihm weh, und die Wunden in seinem Gesicht pochten. Sein Traum kam ihm in Erinnerung. Er schloss die Augen und versuchte, ihn zurückzuholen.

Ich frage mich, ob Donald und ich heil durch den Wasserfall kommen, dachte er gähnend. Er kannte diesen Traum bereits. Jedes Mal war er mit einem Panikgefühl in der Brust aufgewacht, als paddele er immer noch verzweifelt nur wenige Meter vom Abgrund entfernt. Doch bisher hatte er nie zu Ende geträumt und erfahren, wo alles hinführte. Vielleicht nirgendwo hin.

Es dauerte eine ganze Weile, bis er wieder einschlafen konnte. Er dachte an Mandy. Irgendwie hatte sie einen seltsam abwesenden Eindruck gemacht, selbst als sie sich bei ihm einhakte. Er mochte die Art, wie sie ihn angefasst hatte, wie sie seinen Arm gehalten hatte, obwohl sie sich kaum kannten. Sie schien so offen zu sein und so … bereit. Vielleicht würde er es mit ihr machen können …

Der Gedanke daran erregte ihn, wodurch er erst recht vom Schlafen abgehalten wurde. Was hatte sie an sich, das sie so anders als die anderen Mädchen am Revere wirken ließ? Zum Teil lag es auf jeden Fall an dem blauen Kittelkleid, das sie trug. Es war so altmodisch, sah so sehr nach Privatschule, so völlig *daneben* aus! Aber an Mandy war überhaupt nichts Trendiges, stellte er fest. Nicht ihre Frisur, nicht die Schuhe. Sie trug ihre Bücher auch nicht in einem Rucksack, den alle anderen – hey, Moment mal!

Sie hatte *überhaupt nichts* dabei gehabt.

Kerry rief sich ihr Bild vor Augen, wie sie neben seinem Spind auf ihn gewartet hatte. Tatsache war, dass sie gar nichts bei sich gehabt hatte – nicht einmal eine Handtasche.

Während er noch darüber brütete, was sie darüber hinaus von den anderen unterschied, fiel er in einen tiefen, traumlosen Schlaf, der nichts war als ein schwarzes Loch.

Als er am nächsten Morgen die Treppe hinunterstieg – wobei er sich wegen der Schmerzen in seiner Seite am Treppengeländer abstützen musste –, stellte er überrascht fest, dass sein Vater bereits auf ihn wartete. Er war schon in Uniform, hatte aber noch keinen Schlips umgebunden, und sein Hemdkragen stand offen. Seine Augen waren rot gerändert. Tiefe schwarze Schatten lagen darunter, und seine Unterlippe zitterte.

Er legte den Arm um Kerrys Schulter und führte ihm zum Sofa im Wohnzimmer.

Oh, dachte Kerry, irgendwas ist hier faul.

Er hatte Recht.

»Ich habe Neuigkeiten für dich«, sagte sein Vater. Seine Stimme klang belegt, aber er machte sich nicht die Mühe, sich zu räuspern.

»Neuigkeiten?«, fragte Kerry und spürte, wie sich sein Magen zusammenkrampfte.

»Ja. Ich – äh – habe einen Anruf bekommen. Heute

Morgen in aller Frühe. Ich habe darauf gewartet, dass du endlich aufwachst.« Er hatte seinen Arm immer noch um Kerrys Schulter gelegt. Für Kerry fühlte es sich an, als stütze sein Vater sich bei ihm ab, als brauche er Kerry, um aufrecht stehen bleiben zu können. Noch nie zuvor hatte er sich bei Kerry abgestützt.

»Was ist los, Dad?«

»Es geht um deinen Bruder Donald«, sagte Lieutenant Hart. »Er ist ausgebrochen.«

Kapitel 9

Ausgebrochen?

Von wo?

Kerry wurde zum ersten Mal deutlich, dass er gar nicht wusste, wo sich sein Bruder aufhielt. Wie konnte das sein? Hatte er ein ganzes langes Jahr lang in einer Art Traumwelt gelebt?

»Ich denke, wir alle haben uns irgendwie in einer Art Traumwelt befunden«, sagte sein Vater, als habe er Kerrys Gedanken erraten. »Ich habe versucht, dich zu schützen. Der Arzt hatte mir dazu geraten.«

»Schützen wovor?«, fragte Kerry. »Vor Donald?«

Sein Vater gab keine Antwort. Er ging zum Kühlschrank, nahm einen Krug Orangensaft heraus und goss Kerry ein Glas ein. Kerry nahm seinem Vater das Glas aus der Hand und trank einen großen Schluck. Der Saft war eiskalt, schmeckte leicht bitter, und das Fruchtfleisch blieb ihm im Hals hängen. Er nahm einen zweiten Schluck, um es hinunterzuspülen. »Nun, Dad –«, begann er, aber sein Vater ging bereits wieder ins Wohnzimmer zurück.

»Wird Donald nach Hause kommen?«, rief Kerry.

Lieutenant Hart schritt in dem kleinen Raum auf und ab und rieb sein Kinn. Offensichtlich war er sehr erregt.

»Komm schon, Dad«, bat Kerry. »Du musst es mir jetzt erzählen. Du hast einfach keine andere Wahl!«

»Die Ärzte ... sie dachten alle, dass du dich nach solch einer langen Zeit wieder erinnern würdest«, sagte sein Vater, Kerrys Blick ausweichend. »Dann wäre vermutlich alles ein wenig einfacher.« Er sah seinem Sohn ins Gesicht. »Kannst du dich denn an überhaupt nichts erinnern?«

Kerry schloss die Augen.

»Nein. An nicht viel.«

»Was meinst du mit *nicht viel*?«, fragte Lieutenant Hart. »Heißt das, dass du dich wenigstens an *etwas* erinnerst?«

»Scheinwerfer«, sagte Kerry. »Ich sehe Scheinwerfer. Das ist alles, Dad. Es tut mir Leid.«

»Es tut mir auch Leid«, erwiderte sein Vater leise. »Aber ich bin schließlich auch nur ein Polizist und kein Psychotherapeut.«

»Ja, und deshalb solltest du doch daran gewöhnt sein, schlechte Nachrichten zu überbringen«, stellte Kerry mit ärgerlichem Unterton in der Stimme fest. War es Ärger – oder einfach Ungeduld, weil er endlich etwas darüber erfahren wollte, was alle ihm seit vielen Monaten verschwiegen?

»Hey, du hast keinen Grund mich anzublaffen, Bursche«, sagte Lieutenant Hart. »Ich habe nur versucht, das Richtige zu tun. Es war bestimmt nicht leicht für mich. Vor allem, seit deine Mutter weg ist. Aber ich will mich gar nicht beklagen. Als Polizist gewöhnt man sich daran, dass alles im Leben zwei Seiten hat, wie die beiden Seiten einer Münze. Es gibt eine helle und eine dunkle Seite.«

Kerry setzte sich auf das Sofa. Er merkte, dass sein

Vater wirklich sehr unglücklich war. Nie zuvor hatte er solche philosophischen Sprüche vom Stapel gelassen. Sein Vater fuhr fort, etwas von der hellen und der dunklen Seite des Lebens zu faseln, und wie die eine Seite die andere besiegen kann, und dass Kerry sich offensichtlich auf die eine Seite zurückgezogen hätte, als die andere unerträglich wurde.

Kerry verstand nicht alles, was er sagte. Die Gedanken schossen ihm kreuz und quer durch den Kopf. Er nahm die Stimme seines Vaters wie ein Plätschern wahr, das immer leiser wurde, je mehr Kerrys eigene Gedanken in den Vordergrund drangen. Er wurde sich plötzlich bewusst, wie sehr er Donald vermisst hatte, wie sehr er seinem älteren Bruder vertraut und wie schlecht er sich gefühlt hatte, wenn Donald mit ihm unzufrieden gewesen war oder ihn kritisiert hatte.

Donald war der wichtigste Mensch in seinem Leben gewesen. Wie hatte es nur geschehen können, dass er nicht wusste, wo Donald sich aufhielt? Wie konnte es ihm *gleichgültig* gewesen sein?

»... jedenfalls denken das die Ärzte«, sagte sein Vater gerade. »Aber jetzt sieht natürlich alles ganz anders aus.« Er starrte Kerry an. Das trübe Licht des frühen Tages drang durch die Fensterscheiben ins Zimmer und tauchte es in ein seltsames Zwielicht.

»Was?« Kerry bemühte sich, seinem Vater zuzuhören. Er spürte ein merkwürdiges Flattern in seinen Ohren, wie den Flügelschlag eines Vogels.

»Hör zu, Kerry, jetzt, da Donald entkommen ist, habe ich keine andere Wahl. Ich muss dir etwas erzählen. Es wird nicht leicht für dich sein. Aber –« Lieutenant Hart wollte sich gerade neben Kerry auf der Sofakante niederlassen, als das Telefon läutete.

Kerry sprang auf, aber sein Vater hatte den Apparat vor ihm erreicht. »Hallo?«

Seine Augen weiteten sich zunächst überrascht und wurden dann zu kleinen Schlitzen. Ein paar Sekunden lang stand er mit dem Hörer am Ohr schweigend da, dann legte er verärgert auf.

»Wer war das?«, fragte Kerry.

»Ein Mädchen, wahrscheinlich eine deiner Freundinnen«, antwortete Lieutenant Hart und ließ sich wieder auf das Sofa fallen. »Sie begann irgendwas zu erzählen. Aber als sie merkte, dass ich am Apparat war, hat sie aufgelegt.« Er stöhnte. Sein Rücken macht ihm offensichtlich wieder einmal Probleme.

Vielleicht Sharon, die die allmorgendliche Morddrohung übermitteln wollte, dachte Kerry.

»Schau, Dad«, sagte er ungeduldig, »was immer du mir erzählen musst – leg einfach los. Du machst die Sache nur schlimmer, wenn du es immer weiter hinauszögerst.«

»Schlimmer machen?« Lieutenant Harts Gesicht verzog sich zu einem ironischen Lächeln. »Oh, mein Junge ...« Seine Gedanken schienen wieder abzuschweifen. Obwohl er direkt neben Kerry auf dem Sofa saß, schien er kilometerweit entfernt zu sein.

Das Flattern in Kerrys Ohren ließ nach. Dafür erschien ihm jetzt die Stille unerträglich laut.

Sag etwas, Dad. Sag *irgendetwas*!

»Es gab einen Autounfall«, sagte Lieutenant Hart mit tonloser Stimme, während er auf seine blank polierten Dienstschuhe starrte.

»Ich hab's gewusst!«, rief Kerry. »Die Scheinwerfer ...«

Sein Vater stand auf und ging zum Fenster hinüber. »Unterbrich mich bitte nicht, Junge. Mach es mir nicht unnötig schwer und lass mich einfach erzählen, okay?«

»Tut mir Leid«, sagte Kerry. Diese Reaktion seines Vaters überraschte ihn.

»Das Ganze liegt jetzt etwas mehr als ein Jahr zurück. Es war im Juli, in den Schulferien.« Während sein Vater sprach, starrte er aus dem Fenster. Das trübe Morgenlicht ließ ihn merkwürdig grau erscheinen.

»Es war spät in der Nacht. Drei von euch saßen vorn bei uns im Auto. Kannst du dich an den Wagen erinnern?«

Kerry dachte angestrengt nach. »Nein.«

»Ich werde dir jetzt keine Einzelheiten erzählen, Kerry. Ich werde dir nur das sagen, was du wissen musst – was du unbedingt wissen musst, um mit Donalds Flucht umgehen zu können.«

»Okay, okay«, sagte Kerry, dem es kaum gelang, seine Ungeduld zu verbergen, obwohl er sehen konnte, wie schwer es seinem Vater fiel, die richtigen Worte zu finden.

Schweigen.

Man hörte einen Wagen vorbeirumpeln. Die Reifen drehten auf dem Kies einmal kurz durch, als er den steilen Berg hinauffuhr.

»Es war spät in der Nacht, hatte ich das bereits erwähnt? Doch es spielt eigentlich keine Rolle. Es gab einen Unfall, einen Zusammenstoß, unten am Fuß des Hügels, bei der kleinen Ausbuchtung in der Kurve. Donalds Freundin saß in der Mitte, zwischen dir und Donald. Es war ein übler Zusammenstoß. Ihr Kopf wurde gegen den Rückspiegel geschleudert. Dann gab es einen zweiten Aufprall und –«

Kerry wartete. Sein Vater holte tief Luft. Durch seinen Beruf wurde er zwar häufiger mit dem Tod konfrontiert, hatte sich aber niemals daran gewöhnen können. »Das Mädchen wurde getötet«, sagte er schließlich rasch.

»Und Donald?«, fragte Kerry mit zitternder Stimme, die von tief unten aus seiner Kehle zu kommen schien. Seine Hände waren eiskalt.

»Donald würde nicht damit fertig. Er brach zusammen.«

»Aber er hat überlebt?«, fragte Kerry.

»Ja. Er blieb praktisch unverletzt«, antwortete Lieutenant Hart, der von dieser Frage überrascht zu sein schien. »Genau wie du. Lediglich ein paar Schnittwunden. Diese Narbe da über deiner Augenbraue ...«

Unwillkürlich fuhr Kerrys Hand an die Narbe. Die Stelle war immer noch etwas empfindlich. Er hatte sie nie weiter beachtet, außer wenn er einmal mit dem Kamm ausrutschte oder sich versehentlich an dieser Stelle kratzte.

»Aber Donald konnte sich einfach nicht damit abfinden, dass seine Freundin ... tot war. Er schnappte total über. Wir hatten keine Wahl. Wir mussten ihn wegschicken – in ein Krankenhaus. Weißt du, in solch eine Einrichtung für Nervenkranke.«

Sein Bruder in einer Nervenheilanstalt?

»Und du erinnerst dich an nichts von dem, was passiert ist?«, fragte sein Vater abermals vorsichtig.

»Nein«, murmelte Kerry. »Nein. Ich sehe Scheinwerfer. Nur Scheinwerfer. Sonst nichts.«

»Nun, das Meiste habe ich dir jetzt erzählt«, sagte Lieutenant Hart, der immer noch am Fensterbrett lehnte und in den trüben Morgen hinausschaute.

»Seit damals ist Donald in der Nervenheilanstalt. Ich habe versucht, ihn zu besuchen, aber die Ärzte wollten mich nicht zu ihm lassen. Sie glaubten, dass er besser darüber hinwegkommen würde, wenn er uns alle für eine Weile nicht sieht. Vermutlich haben sie damit Recht. Aber ich erhielt jede Woche einen Bericht von den Ärzten. So konnte ich die Entwicklung im Auge behalten. Ich habe ihn nicht im Stich gelassen.«

»Und geht es ihm besser?«, flüsterte Kerry.

»So sagten es die Ärzte jedenfalls, ja. Sie meinten, er

mache jeden Tag kleine Fortschritte. Er hätte vielleicht schon zu Weihnachten nach Hause kommen dürfen. Doch heute Morgen in aller Frühe kam dann dieser Anruf. Donald ist ausgebrochen. Ist einfach abgehauen.« Verzweifelt schüttelte Lieutenant Hart den Kopf.

»Vielleicht hat er ja einfach beschlossen, dass er lange genug dort war. Vielleicht geht es ihm jetzt wirklich besser«, sagte Kerry.

»Vielleicht gibt es den Weihnachtsmann doch und er lebt am Nordpol. Du weißt, dass es nicht so ist«, murmelte sein Vater verbittert.

»Womöglich ist er ja auf dem Weg nach Hause«, sagte Kerry, die Worte seines Vaters ignorierend. Sein Kopf brummte, und es kostete ihn einige Mühe, nicht unter dem Gewicht der furchtbaren Geschichte, die er soeben gehört hatte, zusammenzubrechen. »Wir werden ihn bald wiedersehen und mit ihm sprechen. Das ist doch großartig – oder nicht?«

»Ich weiß es nicht«, antwortete sein Vater. »Ich weiß es wirklich nicht.« Er warf einen Blick auf seine Armbanduhr. Dann wandte er sich vom Fenster ab und kam auf Kerry zu. »Alles in Ordnung mit dir?«

»Ich denke schon. Ich kann mich allerdings immer noch nicht erinnern.«

»Es wird schon zurückkommen. Und dann bist du auch in der Lage, dich der Sache zu stellen. Du bist stärker, als du vielleicht denkst.«

Für seinen Vater war das eine äußerst merkwürdige Bemerkung.

Du bist stärker, als du vielleicht denkst.

Kerry hatte sich nie Gedanken darüber gemacht, ob er stark war oder schwach.

»Ich möchte, dass du vorsichtig bist«, sagte sein Vater, zog seinen Schlips um und versuchte, einen Knoten zurechtzufummeln. Aber seine Hände zitterten zu sehr.

Nach drei Versuchen gab er auf und warf den Schlips auf das Sofa. »Ich muss los. Du weißt, wo du mich erreichen kannst, wenn ...«

»Ja ... klar. Denkst du, dass Donald schon hier sein könnte, ehe –«

»Bis zur Klinik braucht man von hier aus mit dem Auto zwei Tage«, sagte St. Hart von der Tür aus. »Sie liegt im Norden, ganz in der Nähe der Grenze. Du solltest deinen Bruder also lieber nicht zum Abendessen einplanen. Im Übrigen bin ich mir gar nicht sicher, ob er auf dem Weg hierher ist. Vielleicht hat er etwas anderes vor. Ich fand nur, ich müsse dich warnen ...«

Ihn *warnen*? Jetzt begriff Kerry gar nichts mehr. Warum in aller Welt musste er *gewarnt* werden, dass sein Bruder eventuell auftauchen würde?

»Ist er ... gefährlich, Dad?« Kerry bekam die Frage kaum über die Lippen.

»Du musst gleich zur Schule«, sagte sein Vater in dem Versuch, einen lockeren Tonfall anzuschlagen. »Wir werden schon damit fertig. Uns Harts gelingt es doch immer, uns irgendwie durchzuwursteln.«

Offenbar brachte es sein Vater nicht über sich, auf seine Frage zu antworten.

»Hey, wo ist Sean eigentlich?« Kerry war plötzlich aufgefallen, das sein Bruder nicht da war.

»Er ist bei seinem Freund Larry. Ich habe heute Morgen, bevor du aufgewacht bist, schon mit ihm gesprochen«, sagte Lieutenant Hart.

Er stieß das Fliegengitter vor der Haustür auf und trat hinaus auf die Kiesauffahrt. Kerry hörte das Knirschen seiner Schritte, als er zu seinem Dienstwagen hinüberstapfte.

Er rannte zur Tür. »Hey, Dad ...«

Lieutenant Hart blieb neben der Wagentür stehen und drehte sich um. »Was?«

»Dad – äh – eine Frage noch …«

»Schieß los.« Lieutenant Hart fummelte in seiner Hosentasche nach dem Wagenschlüssel.

»Das Mädchen, das ums Leben gekommen ist – Donalds Freundin. Hieß sie –«

»Sie hieß Amanda«, sagte sein Vater. Er öffnete die Fahrertür des Streifenwagens und setzte sich hinter das Steuer.

Kapitel 10

Kerry lenkte den Mustang auf den Parkplatz und fuhr auf der Suche nach einem freien Platz langsam an der Reihe parkender Fahrzeuge entlang. Obwohl es noch nicht einmal acht Uhr war, war schon kaum noch etwas frei, so dass er gezwungen war, auf dem kleinen Gelände hinter dem Sportplatz zu parken.

Er schloss den Wagen ab und ging mit raschem Schritt auf die Sporthalle zu. Seine Windjacke flatterte in der kühlen Oktoberbrise, und der ungewohnte Schlips drückte ihn am Hals … Ob sich irgendjemand auf dieser Welt *wohl* fühlte, wenn er sich in Schale geschmissen hatte?

»Was ist los, Hart – hast du es nicht geschafft, dich zu verabreden?«, rief ihm jemand zu.

Kerry konnte nicht erkennen, wer es gewesen war, also ging er einfach weiter. Kurz darauf sah er Mandy, die auf dem Bürgersteig neben dem Parkplatz auf ihn wartete.

»Hi!«, rief er ihr zu und winkte, doch sie schien ihn noch nicht entdeckt zu haben.

Er rannte los, wobei er wegen seiner neuen Schuhe beinahe auf dem glatten Asphalt ausgerutscht wäre.

Mandy trug ein äußerst aufreizendes langes Kleid aus violettem Glitzerstoff. Um ihre Schultern hatte sie ein weißes Tuch gelegt. Ihr blondes Haar glänzte im Licht der Parkplatzbeleuchtung.

Als sie ihn entdeckte, winkte sie kurz und kam dann auf ihn zu. Ihre Absätze klapperten auf dem Boden. Einige andere Pärchen, die auf dem Weg zur Sporthalle waren, starrten sie unverhohlen an. Für einen einfachen Schulball in der Sporthalle wirkte sie ein bisschen overdressed.

»Mandy«, sagte Kerry. »Hi!«

Sie fiel ihm in die Arme.

»Entschuldigung!« Mandy richtete sich wieder auf. »Ich bin gestolpert.«

»Schon okay«, sagte er mit sanfter Stimme.

Sie gab ihm einen flüchtigen Kuss auf die Wange. Ihr Lippen fühlten sich heiß und weich an. Dann lächelte sie. Ihr breiter, dunkelroter Mund wurde durch die Blässe ihres Gesichts noch mehr hervorgehoben. Sie machten sich auf den Weg zum Eingang der Sporthalle. Kerry konnte noch immer spüren, wo ihre Lippen seine Wange berührt hatten, und fragte sich, ob er dort jetzt wohl einen Abdruck von ihrem Lippenstift hatte.

»Tja ... schön, dass du noch her gefunden hast. Das ist wirklich toll!«, sagte sie und nahm seinen Arm. Sie ging so dicht neben ihm, dass er die Wärme ihres Körpers spüren konnte.

»War ich zu spät? Ich meine, bin ich zu spät?« Sie machte ihn nervös. Er nahm sich vor, gelassener zu werden.

»Es ist nie zu spät«, flüsterte sie. Mandys Lippen berührten Kerrys Ohr, und ihm lief ein angenehmer Schauer den Rücken hinunter.

Er öffnete die Tür zur Sporthalle und reichte Miss MacCurdy, die an einem kleinen Tischchen saß, die

Eintrittskarten. »Zwei?«, fragte sie. Sie riss die Karten in zwei Hälften und bedeutete ihnen, hineinzugehen. Offensichtlich erwartete sie gar keine Antwort.

»Meine Güte, ein richtiger Schulball«, sagte Mandy spöttisch. Aber sofort wurde sie wieder sanft und schaute Kerry mit dem Blick eines kleinen Mädchens an. »Es ist schon so lange her ...«, sagte sie leise.

Das Motto des Balls lautete »Herbst«, und die ganze Sporthalle war entsprechend dekoriert worden. An den Wänden klebten riesige Blätter aus orangefarbenem und braunem Packpapier, und von der Decke hingen Kürbisse und Äpfel aus Pappmaché sowie schwarze und gelbe Halloweenballons. Auf eine Wand war ein riesiger Football-Spieler im Trikot der Panter gemalt. Er trat einen überdimensionalen Ball, auf dem die Worte ZEIGT'S IHNEN, PANTER! standen.

Dieser Anblick ließ Kerry kurz erschaudern, und er sah sich hastig um, ob in dem dichten Gedränge einer seiner früheren Mannschaftskameraden zu entdecken war. Er konnte nicht besonders viel sehen. Das Deckenlicht war gedämpft, und überall blitzten orangefarbene und blaue Scheinwerferkegel auf. In dem zuckenden Licht wirkten die Leute auf der Tanzfläche und die, die sich ringsum aufhielten, wie grauschwarze Schatten.

»Gefällt dir mein Kleid?«

Kerry schüttelte die düsteren Gedanken ab und wandte sich wieder Mandy zu. Sie ließ das weiße Tuch von ihren Schultern gleiten, und Kerry bemerkte, wie tief ausgeschnitten ihr violettes Kleid war.

»Wow!«

»Himmel, Kerry, du bist wirklich leicht zu beeindrucken«, sagte sie und schüttelte sich vor Lachen über seine weit aufgerissenen Augen.

»Nein, ich habe nur gerade – ich meine –«

»Ich zieh das wohl besser wieder hoch«, neckte

Mandy und legte sich das Tuch um die Schultern. »Schließlich will ich nicht riskieren, dass du durchdrehst oder so«, sagte sie. »Jedenfalls nicht sofort ...«, fügte sie nach einem Moment hinzu.

»Es ist wirklich ein hübsches Kleid«, brachte Kerry hervor. Mandy hatte eine Super-Figur. Aber trotzdem – irgendetwas war verkehrt. Dieser Körper und dazu dieses unschuldige Gesicht ... dieses Kleid. Es schien überhaupt nicht zu ihr zu passen. Es war fast so, als trüge sie das Kleid einer anderen, den Körper einer anderen. »Ich freue mich, dass es dir gefällt«, sagte sie schüchtern.

Jemand rempelte Kerry von hinten an.

Sofort schlug ihm das Herz bis zum Hals. Das hatte er nicht bedacht. Natürlich würden die Footballspieler heute Abend auch hier sein. Und natürlich wäre er abermals leichte Beute für diese Schlägertypen.

Er wirbelte herum, bereit, sich einem Kampf zu stellen.

»Hey, wie geht's denn so?«

»Oh – Josh. Hi. Das ist Mandy. Mandy, das ist Josh.«

»Ich bin Josh«, wiederholte Josh und starrte unverhohlen auf Mandys Kleid.

»Du bist also Josh«, sagte Mandy.

»So wird es wohl sein, wenn Kerry es sagt«, erwiderte Josh.

»Sind alle deine Freunde solche Langweiler?«, wandte sich Mandy fragend an Kerry.

»Nein. Nur Josh«, antwortete Kerry dieser.

»Hey, vielen Dank, Mann«, sagte Josh. »Du hast Interesse an Langweilern, Mandy? Dann hängst du ja gerade mit genau dem richtigen Typen herum. Ha ha!«

»Ich wünschte tatsächlich, alles wäre ein bisschen langweiliger«, bemerkte Kerry plötzlich. Er glaubte O'Brien und Malick entdeckt zu haben, die quer über die Tanzfläche auf ihn zukamen.

»Wie bitte?«, fragte Mandy überrascht.

»Nichts«, gab Kerry zurück. Es waren zwei andere Typen gewesen. Immer cool bleiben, sagte er zu sich selbst. Sie haben mich bereits einmal verprügelt und werden es heute Abend wohl kaum ein zweites Mal wagen – schon gar nicht hier mitten auf der Tanzfläche. Mandy nahm seine Hand in ihre kalte kleine Hand und drückte sie fest. Sie musste gespürt haben, dass er sich wegen etwas Sorgen machte.

»Wo ist denn deine Freundin?«, fragte sie Josh.

»Also – da drüben. Sie ist die, die da gerade auf den Knien herumrutscht«, sagte Josh und wies auf die gegenüberliegende Wand.

»Wenn ich mit dir ausgehen müsste, würde ich mich wahrscheinlich auch aufs Beten verlegen«, sagte Kerry.

»Sehr komisch. Sie hat eine Kontaktlinse verloren«, gab Josh zurück. »Keine große Chance, sie in diesem Licht wiederzufinden, aber sie hat keine Ersatzlinse dabei. Hey – dein Gesicht sieht ja schon viel besser aus«, fügte er hinzu und starrte Kerry an, als sei er irgendein Untersuchungsobjekt im Labor.

»Besser als was?«, fragte Mandy und brach in Lachen aus.

»Ich scheine hier ja überflüssig zu sein«, stellte Kerry fest.

»Warum tanzen wir eigentlich nicht?«, schlug Mandy vor und zog ihn mit sich fort. Ob ihre Hände immer so eisig waren? Oder war sie in Kerrys Anwesenheit einfach nur nervös?

»Wir sehen uns später«, sagte Josh. »Macht's gut!«

Mandy zog Kerry mit auf die Tanzfläche, zwängte sich zwischen Pärchen durch, die in den flackernden, zuckenden Lichtblitzen tanzten, und fing an, sich langsam zu der Musik zu bewegen. Sie hielt Kerrys Hand immer noch fest in der ihren und wiegte sich sanft und langsam, obwohl die Musik schnell war – eine Art Salsa mit einer eintönig durchlaufenden Bassdrum.

»Dein Gesicht sieht wirklich schon besser aus!«, rief sie Kerry über die Musik hinweg zu.

»Das liegt an dem dämmrigen Licht«, gab er zurück. Er versuchte, seine Bewegungen den ihren anzupassen, fand es aber schwierig, da sie sich nicht im Takt bewegte.

»Du hast ein hübsches Gesicht«, sagte sie.

Kurz darauf setzte eine Ballade mit einem langsamen, sinnlichen Rhythmus ein.

Während sie tanzten, begann Mandy, Kerry rückwärts von der Tanzfläche zu drängen, auf die Wand mit dem Bild des Footballspielers zu. Sie hielt ihr Gesicht mit geschlossenen Augen dem seinen zugewandt und hatte ihre dunklen Lippen zu einem breiten Lächeln verzogen. Sie drängte ihn so weit zurück, bis er schließlich mit dem Rücken an dem Wandbild lehnte. Dann legte sie ihre Hände um seinen Nacken, zog seinen Kopf zu sich herunter und hob ihre roten Lippen, um ihn zu küssen.

Kerry war so überrascht, dass er den Atem anhielt. Ihre Lippen waren heiß und weich, und Mandy drückte sie fester und fester auf seinen Mund. Zunächst versuchte er, den Kuss zu erwidern. Als sie aber immer fester drückte, ihre Zähne wie ausgehungert gegen seine Lippen presste, versuchte er sich zurückzuziehen, den Kuss zu beenden, um Luft holen zu können.

Aber sie hielt ihn mit eisernem Griff, ihre kalten Hände umschlangen unnachgiebig seinen Nacken. Da begann ihr Kuss allmählich zu schmerzen. Das war keine Zärtlichkeit mehr, das war ein tätlicher Angriff. Ihre Zähne stießen noch fester gegen seinen Mund. Ihre Zunge presste sich gegen seine …

Endlich seufzte sie auf und ließ von ihm ab.

Kerry schnappte nach Luft. Bevor er etwas sagen konnte, zog Mandy seinen Kopf schon wieder zu sich herunter, bis sein Ohr an ihrem Mund lag. »Tut mir Leid, Kerry. Ich bin manchmal ein bisschen … impulsiv«, flüsterte sie ihm mit heißem Atem ins Ohr, wobei ihre Lippen seine Haut streiften.

Dann rückte sie von ihm ab und ließ seinen Kopf los. Ihr Mund verzog sich zu einem schüchternen Lächeln. Sie wirkte etwas verlegen. »Es war schön«, flüsterte sie noch, stürzte dann auf die Tanzfläche und verschwand zwischen den zuckenden Schatten der Tanzenden.

Kerry wollte ihr folgen, hielt aber inne. Er lehnte sich mit dem Rücken gegen die Wand und berührte seine immer noch pochenden Lippen mit der Hand. Sie bluteten.

Kerry versuchte Mandy zu folgen, rempelte dabei immer wieder Leute auf der Tanzfläche an, die ärgerlich reagierten, stolperte über Füße, versuchte, in den Schatten zwischen den Lichtkegeln der Scheinwerfer etwas zu erkennen. War sie aus der Sporthalle hinausgelaufen? Würde sie zurückkommen?

»Hey, Mann – das ist ja vielleicht eine scharfe Braut!«, rief Josh ihm zu.

Jessie hatte ihre Kontaktlinse offensichtlich nicht wiedergefunden. Beim Tanzen blinzelte sie unablässig mit einem Auge.

»Du hast es erfasst!«, rief Kerry und versuchte, lässig zu wirken. Er hoffte inständig, dass Josh nicht fragen würde, wo Mandy steckte.

»Wo steckt Mandy denn eigentlich?«, fragte Josh. Er war ein fürchterlicher Tänzer und wirkte wie eine unbeholfene Ente, die von einer Seite auf die andere watschelt. »Auf dem Klo«, antwortete Kerry und ließ seinen Blick über die Menge schweifen.

»Man sieht sich«, sagte Josh. Er watschelte davon und Jessie folgte ihm blinzelnd.

Kerry begab sich zum Ausgang. Miss MacCurdy saß immer noch an dem kleinen Tisch und beobachtete die Tür. Als sie Kerry erblickte, runzelte sie missbilligend die Stirn. Sie mag mich nicht, dachte er. Doch dann tröstete er sich, dass sie eigentlich niemanden wirklich mochte. »Ist das Mädchen, mit dem ich gekommen bin, rausgegangen?«, fragte er.

Wieder runzelte Miss McCurdy die Stirn. »Die mit dem lila Kleid?«

»Ja.«

»Nein. Ich hab sie nicht gesehen. Vielleicht sollten wir einen Sammelstand für verloren gegangene Mädchen aufmachen. Ha ha ha!«

»Vielen Dank.« Sie lachte immer noch, als Kerry wieder zurück in die überfüllte Halle ging. Seine Lippen pochten nach wie vor. Er konnte immer noch die heiße Berührung ihrer Lippen an seinem Ohr spüren, ihre kalten kleinen Hände in seinem Nacken.

Ich bin manchmal ein bisschen ... impulsiv.

Er hatte das Bedürfnis, sich in irgendeine Ecke zu verdrücken und in Ruhe über Mandy nachzudenken. Warum hatte sie ihn bloß so heftig geküsst? War es tatsächlich ein plötzlicher Impuls gewesen? Mochte sie ihn wirklich? Oder spielte sie nur ein merkwürdiges Spiel mit ihm?

Sie war so schlagfertig, so geistreich und gleichzeitig so cool! Aber auf der anderen Seite war ihr Outfit für einen Schulball völlig daneben. Was sie trug, war fast schon peinlich, aber sie schien es nicht einmal zu bemerken. Und die ganze Zeit klammerte sie sich an ihn, zog ihn ständig am Arm, berührte in immer wieder. Tat sie das aus lauter Nervosität – oder wollte sie *ihn* nervös machen?

Es kam Kerry so vor, als versuche Mandy um jeden Preis, sich geheimnisvoll zu geben. Wenn das der Fall ist, dachte er, hat sie allerdings Erfolg damit!

Er ging an dem langen Tisch vorbei, auf dem große Krüge mit Cider, Kürbisbrot, Rosinenkekse und andere nicht besonders verführerisch wirkende Dinge standen, von denen die meisten im Hauswirtschaftsunterricht hergestellt worden waren. Nirgendwo eine Spur von ihr. Spielte sie mit ihm Verstecken? Schämte sie sich, weil sie ihn so ungestüm geküsst hatte?

Aus dem Augenwinkel beobachtete er, wie jemand durch die Tür schlüpfte, die von der Sporthalle direkt in das Schulgebäude führte. War das Mandy gewesen? Eilig lief er hin, quer über die Tanzfläche, auf der sich die Jugendlichen drängten. Er stieß die beiden Flügel der Doppeltür auf und ging ein Stück den dunklen Flur entlang. Nicht weit entfernt hörte er Fußschritte.

»Mandy?«

Keine Antwort.

An der Seite konnte er eine lange Reihe Spinde erkennen. Ganz weit hinten, am anderen Ende des Flures brannte ein kleines Licht.

Plötzlich hörte er von dort Fußschritte.

»Mandy – bist du das?«, versuchte er es noch einmal.

Immer noch keine Antwort.

Rasch begann er auf das Licht zuzulaufen. Der lange Flur wirkte unheimlich, obwohl er ihm doch eigentlich vertraut war. Ohne Licht, ohne Schüler, die die Türen ihrer Spinde zuknallten, schnatternd und lärmend, kam er Kerry vor wie ein Tunnel, ein Tunnel voller unheimlicher Schatten und seltsamer Echos.

Seine Schritte hallten laut. »Mandy?« Am Ende des Flurs blieb er stehen. Von rechts konnte er Stimmen hören. Es war zu dunkel, um zu erkennen, wer da sprach, also ging er auf die Stimmen zu.

»Mandy?«

»Hey – Hart!«

Zwei Gestalten lösten sich aus der Dunkelheit. Malick und O'Brien.

»Hey – Hart! Warte mal!« Sie kamen auf ihn zu.

Kerry drehte sich auf dem Absatz um und rannte in die andere Richtung davon. Wäre er doch bloß in der Sporthalle geblieben! Inmitten von Hunderten tanzender Kids und ihren Lehrern hätten die beiden sich wohl kaum getraut, ihn noch einmal zusammenzuschlagen. Aber jetzt war er eine leichte Beute für sie, allein in dem dunklen, leeren Schulgebäude.

»Hart! Halt!«

Kerry rannte so schnell er konnte, aber der Abstand zu seinen Verfolgern wurde immer kleiner.

Waren diese Typen denn nie allein unterwegs?, dachte er. Waren sie gemeinsam zum Ball gekommen? Trotz seiner Angst musste er grinsen. Er stellte sich vor, wie die beiden zusammen tanzten, Wange an Wange zu einem langsamen Rhythmus.

»Gib auf, Hart!«

Wenn er weiter in diese Richtung rannte, hatten sie ihn in ein paar Sekunden eingeholt. Ein Stück weiter vorn tauchte auf der linken Seite die Doppeltür zur Cafeteria auf. Wenn er es bis in die dunkle Cafeteria schaffte, konnte er sich vielleicht unter einem Tisch oder in der Küche verstecken. Auf jeden Fall hätte er so eine Chance, ihnen zu entkommen.

Mit klopfendem Herzen blieb er vor der Cafeteria stehen, drehte sich rasch um und erkannte, dass seine Verfolger keine dreißig Meter mehr von ihm entfernt waren. Er warf sich mit der Schulter gegen die Tür.

Sie war abgeschlossen.

»Nein!«, schrie er laut.

»Hart! Hart – du Hornochse!«

Er machte einen Satz auf die Treppe schräg gegenüber der Cafeteria zu, stürzte stolpernd und rutschend die gekachelten Stufen hinunter, bis er mit einem letzten Satz unsanft im Keller landete. Hier unten war es noch dunkler als in den Fluren im Erdgeschoss. Keuchend vor Anstrengung rannte er weiter.

Geradeaus vor ihm lag der Heizungskeller. Dort konnte er sich hineinkauern – wenn die Tür nicht abgeschlossen war.

Er hörte die Schritte der anderen auf der Treppe. Sie hatten ihn fast eingeholt.

Ein schwacher Lichtschein drang durch das kleine runde Fenster in der Tür zum Heizungskeller. Kerry drückte gegen die Tür.

Abgeschlossen.

Kerry spürte, wie sich sein Magen und die Muskeln in seinen Schultern vor Angst zusammenzogen. Er presste sich flach in die enge Nische des Türrahmens. Vielleicht rannten Malick und O'Brien ja an ihm vorbei, so dass er über die Treppe zurück in die Sporthalle gelangen konnte. Er versuchte, den Atem anzuhalten.

»Hart – du Angsthase! Hey, Malick – hier ist er!«, rief O'Brien.

»Halt, wartet einen Moment –«, begann Kerry und hob seine Fäuste.

»Malick – hierher!«, rief O'Brien wieder. Er war aus der Dunkelheit bedrohlich vor Kerry aufgetaucht.

Malick kam schwerfällig näher. Seite an Seite standen sie da und grinsten ...

Kapitel 11

O'Brien stemmte seine große Faust gegen Kerrys Brustkorb, so dass er mit dem Rücken gegen die Tür gepresst wurde. Kerry schaute in die grinsenden Gesichter, die er in dem schwachen Licht allerdings nur undeutlich erkennen konnte. Das kann doch nicht wahr sein, sagte er zu sich selbst. Diese Gorillas wollen mich doch wohl nicht schon wieder in die Mangel nehmen.

»Hey, Hart – immer cool bleiben«, sagte O'Brien kopfschüttelnd.

»Ja, Mann, cool bleiben«, echote Malick.

»Wir sind dir eine Entschuldigung schuldig«, fuhr O'Brien fort.

»Was?« Kerrys Stimme klang wie ein Krächzen.

»Du hast richtig verstanden«, sagte O'Brien und lockerte die Faust, mit der er gegen Kerrys Brust drückte.

»Das Ganze war ein Missverständnis«, sagte Malick. »Wir haben Sal heute besucht. Im Krankenhaus. Er hat uns alles erzählt.«

Kerry war immer noch so außer Atem, dass er nicht sprechen konnte. Was sagten sie da? Die Worte schienen keinen Sinn zu ergeben. »Wie geht es Sal?«, brachte er schließlich heraus.

»Es geht ihm schon besser«, sagte O'Brien. »Es wird eine Weile dauern, aber er wird wieder gesund.«

»Gut«, stieß Kerry hervor. »Das ist gut.«

»Sal sagte, die ganze Sache sei ein Unfall gewesen«, fuhr Malick fort. »Er sagte, du seist auf ihn gestürzt, weil du nicht mehr rechtzeitig abstoppen konntest.«

»Er gibt dir keine Schuld«, fügte O'Brien hinzu. »Er hat es genau mitbekommen und weiß, dass du es nicht mit Absicht getan hast.«

»Natürlich nicht«, sagte Kerry erleichtert.

Doch dann lief ihm eine Gänsehaut über den Rücken. Was, wenn das wieder einer seiner Tagträume war? Spielte sich die ganze Szene abermals nur in seiner Fantasie ab? Würde er gleich blinzeln, seine Augen öffnen und erkennen, dass die beiden kurz davor waren, ihn zu verprügeln, bis von ihm nichts mehr übrig war als eine breiige Masse, die der Hausmeister am Montagmorgen würde wegwischen müssen?

Kerry blinzelte. Er öffnete seine Augen.

»Wie auch immer«, sagte Malick. »Wir wollen uns wieder mit dir vertragen.« Er streckte Kerry seine fleischige Hand entgegen.

Kerry schüttelte sie. Dann schüttelte er auch O'Briens Hand. »Schwamm drüber«, sagte er.

»Hey, irgendwie bist du immer noch ein bisschen blass«, sagte Malick und tippte mit dem Finger fest gegen den Knoten von Kerrys Schlips. »Aber wir wollten die Sache unbedingt heute noch geradebiegen.«

Unvermittelt drehten sie sich um und verschwanden wieder in der Dunkelheit. Kerry wartete ab, bis er hörte, wie sie die Treppe hinaufstiegen. »Was für ein Blödmann«, hörte er O'Brien sagen. Dann lachten sie beide. Ihr Gelächter und das Geräusch ihrer Schritte wurden leiser und war schließlich gar nicht mehr zu hören.

Kerry blieb noch ein paar Minuten lang in der dunklen Türöffnung stehen, um sich zu beruhigen. Er spürte, wie ihn allmählich eine grenzenlose Erleichterung durchströmte. Die Tatsache, dass Sal gesagt hatte, es habe sich bei der Sache wirklich um einen Unfall gehandelt, würde sich in der Schule wie ein Lauffeuer verbreiten. Vielleicht würden die anderen dann ja auch wieder mit ihm reden und aufhören, ihn zu behandeln, als habe er die Beulenpest. Und die dummen Streiche hätten auch ein Ende. Er würde keine nächtlichen Drohanrufe mehr erhalten.

»Juchuh!«, rief er laut in die Dunkelheit.

Er ging zur Treppe und stürmte, zwei Stufen auf einmal nehmend, hinauf. Schon hörte er den dumpfen Rhythmus der Musik aus Richtung der Sporthalle. Mandy …

Kerry hätte sie beinahe vergessen.

Er musste sie finden. Er wollte ihr erzählen, was passiert war, und wie gut er sich fühlte.

Er wollte tanzen, er wollte seine Freude laut hinausschreien!

Vielleicht konnten sie ja auch irgendwo anders hinfahren, um ein bisschen *impulsiv* zu sein!

Kerry stieß die Doppeltür zur Sporthalle auf, und eine Welle aus Hitze und Lärm schlug ihm entgegen. Auf der Tanzfläche drängten sich Pärchen, und über allem hing ein Gewirr aus Gelächter und Sprachfetzen.

»Hey – Mandy!«

Da war sie. Sie stand ganz allein am Ende des Tisches mit den Erfrischungsgetränken, ein großes Glas Cider in der Hand. »Mandy – wo warst du denn?«

»Ist doch egal. Aber wo warst *du*? Ich hab dich überall gesucht.« Sie ergriff seinen Arm. Zum ersten Mal fühlten sich ihre Hände warm an.

»Möchtest du auch einen Cider? Er ist gar nicht schlecht. Ich dachte schon, du bist vielleicht abgehauen. Du würdest nicht einfach abhauen, oder, Kerry? Du magst mich doch, nicht wahr?«

Sie redete ohne Punkt und Komma. Warum war *sie* nur so aufgeregt? Eigentlich hatte *er* doch allen Grund dazu.

»Zwei von den Panters haben sich gerade bei mir entschuldigt«, erzählte er und legte seinen Arm um Mandys Taille.

Sie entzog sich jedoch seiner Umarmung. »Wie bitte?«

»Sal hat ihnen erzählt, dass das Ganze ein Missverständnis war. Also haben sie sich entschuldigt. Mit anderen Worten, ich bin jetzt nicht mehr der Oberschurke der ganzen Schule.«

»Das ist ja schön«, antwortete Mandy und schaute ihn an, als habe er in einer fremden Sprache geredet. »Ich habe dich nie für einen Oberschurken gehalten«, fuhr sie kurz darauf wieder mit ihrer neckischen Stimme fort und lehnte ihren Kopf für einen winzigen Augenblick gegen seine Schulter.

Plötzlich hatte Kerry einen Riesendurst. Er goss sich ein Glas Cider ein, stürzte es hinunter und goss sich gleich noch eines ein. Das Getränk war süß und kalt. Kerry prostete Mandy zu. Sie schenkte ihm eines ihrer geheimnisvollen Lächeln. Eine blonde Haarsträhne fiel ihr sanft in die blasse Stirn.

»Lass uns tanzen«, sagte sie und zog ihn an beiden Händen mit sich fort. »Ich möchte nicht, dass du noch einmal wegläufst. Hast du gehört?«

Kerry lächelte und folgte ihr in das Gewimmel auf der Tanzfläche. Es kam ihm vor, als stelle sie alles, was vorgefallen war, auf den Kopf. *Sie* war schließlich weggelaufen! Aber er hatte keine Lust, mit ihr zu diskutieren. Sie spielten gerade ein sanftes, langsames Stück, »We've Only Just Begun«, ein alter Song von den Carpenters. Mandys Körper, den sie gegen den seinen presste, fühlte sich warm an ... warm und aufregend.

Sie tanzten lange, ohne viel miteinander zu reden. Der Abend ging schnell vorbei. Das letzte Stück war »The Last Dance« von Donna Summer, und dann wurde die grelle Sporthallenbeleuchtung eingeschaltet.

Während sie sich auf den Weg von der Sporthalle zum Parkplatz machten, legte Mandy ihren Arm um Kerrys Taille. Josh, der gerade in der Nähe war, zeigte ihm den erhobenen Siegerdaumen. Kerry verspürte den dringenden Wunsch, mit Josh zu reden, ihm zu erzählen, dass O'Brien und Malick sich bei ihm entschuldigt hatten. Aber das Gedränge ringsum war so dicht, dass er ihn nicht erreichen konnte und ihn schließlich ganz aus den Augen verlor.

Die kalte Nachtluft schlug ihnen ins Gesicht. Wahrscheinlich fror es sogar. Kerry hoffte inständig, dass der Mustang sofort anspringen würde. Bei diesen Temperaturen machte der Motor meistens noch größere Zicken.

Mandy lächelte zu ihm empor.

»Worüber lachst du?«, fragte er und zog sie näher an sich heran.

»Ach, ich habe nur über etwas nachgedacht«, sagte sie schüchtern.

»Über etwas nachgedacht? Das kann gefährlich sein«, gab er zurück.

»Wo steht dein Wagen?«, fragte sie.

»Oh, ich musste ihn zu Hause lassen. Hier unten hab ich leider keinen Parkplatz gefunden. Es ist nur ein kleiner Spaziergang – neun oder zehn Kilometer bergauf. Das macht dir doch nichts aus, oder?«

Sie lachte und schüttelte den Kopf. »Du bist lustig«, sagte sie leise und drückte fest seine Hand.

»Schade, dass du dich nicht länger mit Josh unterhalten konntest«, bemerkte Kerry. »Er ist noch viel lustiger als ich, sozusagen der größte Spaßvogel, den ich kenne.«

»Wie lange seid ihr schon befreundet?«, fragte Mandy. Ihr Atem bildete dicke Wolken in der kalten Luft. Sie zog den weißen Schal fester um ihre Schultern. Für diese Temperaturen war er eindeutig nicht warm genug.

Mir wird schon etwas einfallen, wie ich sie warm halten kann, dachte Kerry.

Es war schon merkwürdig. Da ging er neben ihr her und redete über Josh, aber das Einzige, woran er dachte, war Sex. Dann beschloss er, dass es überhaupt nicht merkwürdig war. So passierte es jedes Mal, wenn er mit einem Mädchen zusammen war. Er redete über dies und das und dachte dabei an Sex. Er fragte sich, ob es Mandy wohl genau so erging. Insgeheim hoffte er, dass es so war.

»Jetzt sind wir zehn Kilometer gelaufen. Wo ist der Wagen?«, fragte sie.

»Da drüben steht er«, sagte Kerry. Dann stockten seine Schritte, und seine Kinnlade klappte hinunter.

»*Oh nein*!«

Er schüttelte heftig den Kopf.

Die Reifen des Mustang waren völlig zerstört. Alle vier. Jemand hatte sie aufgeschlitzt und so lange gewütet, bis von ihnen nur noch ein paar Streifen Gummi und die nackten Felgen übrig geblieben waren. Rings um den Wagen lagen die Reifenmäntel in Fetzen verstreut.

Mandy starrte den Wagen an, der einige Zentimeter tiefer auf der Straße lag und dadurch äußerst merkwürdig aussah. Dann stieß sie einen Schrei aus und vergrub ihren Kopf an Kerrys Schulter.

»O mein Gott, Kerry«, sagte sie mit zitternder Stimme. »Das wird allmählich wirklich beängstigend!«

Kapitel 12

»Ich – ich kann da gar nicht hingucken«, sagte Mandy und verbarg ihr Gesicht immer noch an Kerrys Schulter. »Das ist so ... brutal!«

Kerry war von dem Anblick der zerschlitzten Reifen so schockiert, dass er zunächst gar nicht bemerkte, dass auch die Windschutzscheibe und die vorderen Wagenfenster eingeschlagen worden waren. Ein riesiges Spinnennetz aus Rissen überzog die Windschutzscheibe, schonungslos erhellt von der Parkplatzbeleuchtung. Überall lagen kleine Glasscherben herum.

Brutal war eindeutig der richtige Ausdruck.

Bei diesem Wort lief Kerry ein kalter Schauer den Rücken hinunter. Er fror plötzlich und schaute sich auf dem menschenleeren Parkplatz um. Die letzten Autos fuhren gerade davon. Ob die Person, die seinen Wagen zerstört hatte, wohl irgendwo in der Nähe versteckt lauerte und zufrieden und voller Schadenfreude seine Reaktion beobachtete?

»Irgendjemand scheint dich *wahnsinnig* zu hassen ...«, murmelte Mandy.

Sie schien vor lauter Entsetzen gar nicht zu bemerken, dass ihre Worte Kerry nur noch mehr Angst einflößten.

»Ich bring dich nach Hause und kümmere mich dann um den Wagen«, sagte er und nahm sie in den Arm. Er zitterte, obwohl sie sich eng an ihn presste. Er versuchte sich zusammenzureißen, gab aber auf, als er feststellte, dass das Zittern nicht von der Kälte, sondern von seiner Angst herrührte.

Aus Richtung der Büsche neben der Mauer zum Sportplatz hörte er ein Rascheln. Angestrengt starrte er in die Dunkelheit, um zu erkennen, wo es herkam. War da jemand? Wartete da jemand auf ihn, beobachtete genau, was er tat?

Da griff ihm plötzlich jemand von hinten an die Schulter. Kerry fuhr herum. Seine Kehle war wie zugeschnürt. Er konnte kaum atmen.

»Josh!«, gelang es ihm hervorzustoßen.

»Ich hab dir doch nicht etwa Angst eingejagt?«, fragte Josh. Jessie, die immer noch unablässig blinzelte, begann zu kichern.

Dann entdeckten die beiden den Mustang.

»O Mann«, sagte Josh, »schlecht eingeparkt.«

»Das ist wirklich nicht lustig«, sagte Mandy spitz.

»Sie hat Recht, Josh«, sagte Jessie schnell. »Kerry – das ist ja furchtbar!«

Josh wurde mit einem Mal ganz still. Er schien intensiv nachzudenken.

In diesem Moment wurde Kerry klar, dass Josh alles über den Unfall vor einem Jahr wusste. Vermutlich dachte er im Angesicht von Kerrys völlig demoliertem Wagen genau daran.

»Glaubst du, dass es O'Brien und Malick waren?«, fragte Josh. »Diese Schwachköpfe sind zu allem fähig, wenn sie der Meinung sind –«

»Nein«, unterbrach Kerry ihn leise und versuchte zu verbergen, wie heftig er zitterte. »Sie können es nicht gewesen sein. Sie haben sich bei mir wegen letztem Sonntag entschuldigt. Sal hat ihnen erzählt, dass unser Zusammenstoß wirklich ein Unfall war.«

»Sie haben sich *entschuldigt*? Der Abend wird ja immer verrückter.«

»Sollen wir euch beide vielleicht nach Hause bringen?«, schlug Jessie vor.

»Gern«, stimmte Kerry sofort zu. Er musste sich dringend irgendwo setzen und hatte keinen sehnlicheren Wunsch, als von diesem dunklen Parkplatz und seinem demolierten Wagen wegzukommen. »Gute Idee.«

»Gute Idee«, wiederholte Josh, der mit den Gedanken immer noch ganz woanders zu sein schien.

»Nein!«, sagte Mandy plötzlich. »Nein!«, wiederholte sie ein zweites Mal so laut, dass alle zusammenzuckten. »Es ist schon okay. Wirklich! Da kommt gerade der Bus. Ich werde einfach mit dem Bus fahren.« Und schon rannte sie quer über den Platz auf die Bushaltestelle zu und winkte dem Fahrer, damit er anhielt.

»Hey, Mandy –«, rief Kerry ihr nach.

»Ich ruf dich an. Gute Nacht!«, rief sie zurück.

»Nein – warte!« Kerry rannte los, um sie einzuholen. Aber da sprang sie schon in den Bus, der sofort wieder anfuhr. Kerry konnte sehen, dass sie im Gang stehen blieb, obwohl sie offensichtlich der einzige Fahrgast war. Er schaute dem Bus nach, bis er seine Rücklichter nur noch als zwei kleine rote Punkte in der Dunkelheit ausmachen konnte. Schließlich waren auch sie nicht mehr zu erkennen. »Das ist merkwürdig«, sagte er achselzuckend und ging zurück zu Josh und Jessie.

»Ob ich etwas Falsches gesagt habe?«, fragte Josh.

Jessie versetzte ihm einen Stoß in die Rippen. »Schluss jetzt, Josh.«

»Das mit dem Auto hat sie völlig fertig gemacht«, stellte Kerry fest und machte eine hilflose Handbewegung zu dem erbärmlich aussehenden Wrack hinüber. »Ich nehme an, sie wollte einfach nur so schnell wie möglich weg von hier.«

»Klar«, stimmte Josh ein bisschen zu hastig zu.

Warum *war* Mandy bloß so schnell weggelaufen?, grübelte Kerry. Sie hatte wirklich einen noch verängstigteren und unglücklicheren Eindruck gemacht als er selbst. Warum in aller Welt hatte sie dann nicht das Angebot angenommen, von Freunden sicher nach Hause gebracht zu werden?

Die drei machten sich auf den Weg zu Joshs Auto, dem neuen Oldsmobile Cutlass seines Vaters. »Wer kann dir das bloß angetan haben, Kerry?«, begann Jessie erneut, die Hände tief in den Taschen ihres knöchellangen Mantels vergraben.

»Och, es gibt höchstens ungefähr dreihundert Typen, von denen ich mir das vorstellen könnte«, antwortete Josh, der sich trotz Jessies Knuffen und bösen Blicken weigerte, ernst zu sein.

»Aber Sal hat O'Brien und Malick doch gesagt, dass –«, hub Kerry jammernd an. Sein Körper zitterte immer noch ununterbrochen.

»Er hat es aber nicht jedem in der Schule erzählt«, antwortete Josh und ließ den Motor an.

»Das war definitiv kein simpler Streich mehr«, stellte Jessie fest, deren analytisches Hirn auf Hochtouren arbeitete. Sie ging jedes Problem, das ihr im Leben begegnete, mit der Gründlichkeit einer Wissenschaftlerin an. »Das scheint eher das Werk einer gestörten Persönlichkeit zu sein!«

»Jessie – hör auf damit!«, sagte Josh hitzig.

Eine gestörte Persönlichkeit?

Ein *Verrückter*? In Gedanken wiederholte Kerry das Wort wieder und wieder. Verrückt?

Donald.

Donald war verrückt.

Zumindest hielt er sich an einem Ort für Verrückte auf.

Nur, dass er geflohen war.

Ob sein eigener Bruder irgendwo da draußen herumlungerte und Pläne schmiedete, wie er ihm schaden konnte? Ob er auf der Lauer lag, um über den Wagen herzufallen – bereit, auch ihn selbst anzugreifen?

Nein. Nicht Donald.

Wie konnte er so etwas überhaupt nur denken?

»Ich glaube, ich dreh langsam durch«, sagte Kerry laut vor sich hin.

»Bleib cool«, sagte Josh. »Ich bringe dich nach Hause, dann kannst du deinen Vater anrufen. Wenigstens kommt die Polizei sofort, wenn *du* sie anrufst!«

»Das verstehe ich nicht«, sagte Jessie. Sie war neu am Revere und wusste nicht, dass Kerrys Vater ein Polizist war.

Während Josh es ihr erklärte, dachte Kerry weiter

über Donald nach. Er hatte seinen Vater gefragt, ob es einen Grund gebe, weshalb er Angst vor Donald haben müsse. Sein Vater hatte diese Frage nicht beantwortet.

Wenn er sich nur erinnern könnte, was damals passiert war ... der Unfall ... das Mädchen ...

Aber es gelang ihm nicht.

Er konnte die Erinnerung an Autoscheinwerfer heraufbeschwören, an das Kreischen von Bremsen, einen Schrei, einen Schmerzenslaut ...

Immerhin war das schon ein bisschen mehr als früher. Aber trotzdem war es alles, woran er sich erinnerte.

Und jetzt, ein Jahr später, fuhr er im Wagen seines Freundes durch die dunkle Nacht, zitterte unkontrolliert und fragte sich, ob Donald, sein Bruder, sein bester Freund, sein ... *Idol* ... einen Grund haben könnte, hinter ihm her zu sein. Es war einfach verrückt.

»Da wären wir!« Josh riss Kerry aus seinen wirren Gedanken. »Hey – du bist zu Hause.«

Kerry schüttelte den Kopf. »Tut mir Leid.«

»Möchtest du, dass wir noch mit reinkommen?«, fragte Jessie.

»Nein«, antwortete Kerry rasch. »Nein danke. Ich komme schon klar. Wirklich.« Würde er tatsächlich klarkommen? Oder wartete jemand hinter den Büschen auf ihn, lauerte neben dem Haus darauf, ihn sich schnappen zu können, sobald er aus dem Auto stieg?

Schluss damit!, sagte er zu sich selbst. Sofort Schluss damit!

»Vielen Dank fürs Mitnehmen«, murmelte er und versuchte zu verbergen, dass sein ganzer Körper bebte. Er wusste, dass es ihm besser gehen würde, sobald er im Haus war. »Ich komme schon klar. Ich ruf dich morgen an, Josh.«

»Okay«, gab Josh zurück und gähnte. »Wenn ich dir irgendwie helfen kann ...«

»Danke«, sagte Kerry und kletterte aus dem Wagen. Am liebsten wäre er so schnell wie möglich ins Haus gerannt. Aber er zwang sich, bewusst langsam bis zur Eingangstür zu gehen, drehte sich noch einmal um und winkte den beiden zu, während sie auf die abschüssige Straße zurücksetzten. Dann schloss er mit zitternden Händen die Tür auf und ging rasch hinein.

Er warf seinen Mantel auf den Boden und ging sofort ins Badezimmer. Dort begann er heftig zu würgen und übergab sich schließlich mehrmals. Danach hatte auch das Zittern nachgelassen. Kerry wusch sich ausgiebig mit kaltem Wasser das Gesicht.

Dann fühlte er sich ein bisschen besser. Müde, aber besser.

Er ging rasch in die Küche und schaltete das Licht ein. Sean war zu Hause gewesen und schon wieder fort. Auf dem Tisch stand ein benutzter Teller mit Brotkrumen und Resten von Mortadella und Schweizer Käse, daneben ein halb volles Glas Coke. Überall waren Kartoffelchips verstreut.

Kerry runzelte missbilligend die Stirn über Seans Schlampigkeit. Er fühlte sich plötzlich leicht benommen, vielleicht weil er sich so heftig erbrochen hatte. Er setzte sich auf einen der Küchenstühle und wartete, bis der Schwindel vorüberging. Der saure Geschmack in seinem Mund ließ ihn befürchten, dass er sich erneut übergeben musste.

Schließlich nahm er den Hörer des Telefons ab. Er hoffte inständig, dass sein Vater sofort nach Hause kommen konnte … Er würde sich zwar wegen des Wagens aufregen, aber Kerry wäre auf jeden Fall froh, ihn zu sehen.

Es gab kein Freizeichen.

Nur Stille.

Hatte jemand das Telefonkabel durchgeschnitten?

Hör auf damit, Kerry, sagte er zu sich selbst. Hör endlich auf mit diesen paranoiden Spinnereien.

Immer noch Stille. Kein Freizeichen.

»Hallo ...«, sagte er in die Stille hinein.

»Hallo – Kerry?«, antwortete eine Stimme.

»Ja?«

»Kerry – ich werde dir jeden Knochen deines Körpers brechen. Jeder einzelne Knochen wird bersten und splittern, jeder einzelne Knochen ...« Die Stimme klang barsch, voller Gehässigkeit.

»Sharon, weißt du nicht, dass –«

Aber plötzlich war ihm klar, dass es gar nicht Sharon war. Er erkannte, dass es nicht ihre Stimme war. Es *konnte* nicht ihre Stimme sein.

»Du wirst sterben, Kerry«, fuhr die Stimme mechanisch fort, und er spürte den Hass, der in ihr mitschwang. »Aber zuerst wirst du leiden. Bald schon. Ich verspreche es. Erst werden deine Knochen brechen – krachen und zersplittern, genau wie dein Auto – und dann wirst du sterben.«

Sie legte auf.

Sie wusste von dem Wagen. Wer immer sie war, sie wusste von den aufgeschlitzten Reifen und der zertrümmerten Windschutzscheibe. Und es war nicht Sharon, da war er inzwischen ganz sicher.

Trotzdem war ihm die Stimme irgendwie vertraut vorgekommen. War es die Stimme von jemandem, den er in seiner Kindheit gekannt hatte? Eine Stimme aus der jüngsten Vergangenheit, aus dem Jahr, an das er sich nicht erinnern konnte?

Das Zittern hatte wieder eingesetzt. Kerry ahnte, dass ihm noch einmal furchtbar schlecht werden würde.

Er wählte die Nummer der Polizeistation, eine Geheimnummer, die nur die Familien der Polizisten kannten. Ein paar Sekunden später war sein Vater am Apparat. »Dad, ich bin's, Kerry. Ich glaube, du solltest besser nach Hause kommen ...«

Im ersten Moment schien sein Vater kurz vor dem Explodieren zu sein, als er zu Hause angekommen war und erfuhr, was mit dem Wagen passiert war. Aber in Anbetracht Kerrys Zustand, der blass und zitternd vor ihm stand, besann er sich eines Besseren und legte sofort das professionelles Verhalten eines Polizisten an den Tag. »Wahrscheinlich gibt es keine verwertbaren Fingerabdrücke, aber ich werde Wainright trotzdem sagen, dass er morgen früh gleich hinfahren und es untersuchen soll«, sagte er in dem vertrauten Renko-Tonfall.

Kerry bemerkte zu seiner Erleichterung, dass sein Vater sich offensichtlich für die Rolle des Polizisten anstatt für die des wütenden Vaters entschieden hatte. Er war immer wieder überrascht, wie rücksichtsvoll sich sein Vater in manchen Situationen ihm gegenüber verhalten konnte, dieser normalerweise doch eher raubeinige Mann, der sich hauptsächlich für seine eigenen Angelegenheiten interessierte. Aber in diesem Moment dämmerte Kerry, dass sein Vater ein ganzes Jahr lang auf die Gefühle seines Sohnes Rücksicht genommen hatte, seine Worte gegenüber Kerry vorsichtig gewählt hatte, bemüht, nichts zu tun oder zu sagen, das ihn beziehungsweise seine Erinnerung hätte verletzen können. Kein Wunder, dass sein Vater in der letzten Zeit so rasch gealtert war. Kein Wunder, dass er so wenig zu Hause gewesen war. Mit Kerry zusammen zu sein musste für ihn eine einzige Anspannung bedeuten.

»Es könnte jemand aus der Football-Mannschaft gewesen sein«, sagte Kerry, der immer noch gegen das Zittern ankämpfte.

»Hmmm«, machte sein Vater und betrachtete seinen

Sohn gedankenverloren. »Lass uns morgen früh darüber reden. Ich glaube, für heute Nacht hast du genug. Wir werden den Wagen zu O'Malley's abschleppen lassen, um ihn begutachten zu lassen. Und dann können wir darüber reden. Okay?«

Kerry lächelte. »Klar.« Er machte sich auf den Weg nach oben in sein Zimmer. Das Telefon klingelte.

Er und sein Vater starrten einander an.

Das Telefon klingelte zum zweiten Mal.

»Dad, kannst du bitte drangehen? Ich habe in der letzten Zeit sehr seltsame Anrufe bekommen.«

»Das wundert mich nicht, bei deinen Freunden.« Es war nur ein schwacher Versuch, Kerry aufzumuntern, aber er nahm ihn dankbar an.

Sein Vater ging in der Küche ans Telefon. »Hallo?«, sagte er streng. »Ja. Ja, er ist hier. Bist du etwa auch einer dieser komischen Anrufer?«

Kerry zuckte unwillkürlich zusammen. Vielleicht war es doch keine gute Idee gewesen, seinen Vater ans Telefon gehen zu lassen.

Dieser reichte ihm den Hörer. »Eine Mandy«, sagte er. »Sagt, dass sie heute Abend mit dir zusammen war. Sie hört sich allerdings ziemlich normal an.«

»Ich nehme oben ab. Nacht, Daddy. Und danke.«

Kerrys Beine fühlten sich schwach an, als er die Treppe hinaufstieg. Er nahm das Telefon mit zu seinem Bett. »Hallo?« Es gelang ihm kaum, die Erschöpfung in seiner Stimme zu verbergen.

»Ich bin beleidigt«, sagte Mandy mit neckendem Unterton.

»Warum?«

»Dein Vater behauptet, dass ich ganz normal bin.«

»Das sagt er nur, weil er dich noch nicht kennen gelernt hat«, gab Kerry zurück. Sie lachten beide.

»Es tut mir Leid, dass ich einfach davon gerannt bin.

Das ist dir sicher etwas komisch vorgekommen«, sagte Mandy. »Aber ich musste da einfach weg. Es war so ... schrecklich!«

»Stimmt«, sagte Kerry.

»Ich hab mich gut amüsiert. Ich meine ... es hat mir gefallen mit dir.«

»Mir auch«, antwortete er. Er wollte einfach nur noch ins Bett.

»Hat dein Vater sich sehr wegen des Autos aufgeregt?«

»Natürlich. Aber er ist Polizist. Also hat er den Wutanfall ausgelassen und gleich Pläne für die Bearbeitung des Falles gemacht«, sagte Kerry.

»Sollen wir uns morgen treffen?«, fragte sie. »Ich bin gar nicht mehr dazu gekommen, dir einen Gute-Nacht-Kuss zu geben.« Sie kicherte. Wollte sie ihn aufziehen?

Wenn es wieder auf etwas Ähnliches wie der schmerzhafte Kuss hinauslaufen würde, den sie ihm in der Sporthalle gegeben hatte, konnte er gut darauf verzichten, entschied Kerry. Unwillkürlich fuhr er sich mit der Hand an die Lippen, die immer noch geschwollen waren und leicht schmerzten. »Morgen ist Montag.«

»Aber wir haben keine Schule«, sagte sie schnell. »Es ist Lehrerkonferenz. Komm schon. Lass uns morgen Nachmittag etwas unternehmen. Wir könnten uns in dem Café in der Nähe der Schule treffen. Du weißt doch, das mit der gestreiften Markise und dem riesigen Eishörnchen auf der Schaufensterscheibe.«

»Phil's?«

»Ja, genau. Phil's. Ich werde um drei Uhr da sein. Ich möchte mich gern mit dir unterhalten.«

»Okay. Gut«, sagte er. Was für ein Wechselbad der Gefühle! Ein Mädchen bettelte, sich mit ihm verabreden zu dürfen.

»Gute Nacht, Kerry«, flüsterte sie. Wow! Sie war so

sexy! »Weißt du, ich glaube, dass wir beide bald etwas ganz Einzigartiges miteinander tun werden.« Und sie legte auf, bevor er etwas darauf antworten konnte.

* * *

»Ich hab gehört, du hast den Wagen zu Schrott gefahren«, lautete Seans Begrüßung am nächsten Morgen beim Frühstück.

»Halt die Klappe, Sean«, sagte sein Vater, der am Herd stand und in einer Bratpfanne Rühreier zubereitete.

»Du bist früh auf«, sagte Kerry zu seinem Bruder, der in Schlafanzugoberteil und Unterhosen am Küchentisch saß.

»Ich habe mich vertan«, murrte Sean. »Hab total vergessen, dass heute keine Schule ist.«

»Wahrscheinlich geht er gleich nach dem Frühstück wieder ins Bett«, sagte Lieutenant Hart und rührte so energisch in der Pfanne, dass ein großes Stück Rührei auf der Herdplatte landete.

»Woher wusstest du das?«, fragte Sean.

Während des Frühstücks vermieden sie es, über die Ereignisse der vergangenen Nacht zu sprechen. Anschließend jedoch gab Lieutenant Hart Kerry einen großen braunen Briefumschlag. »Versicherungsformulare«, sagte er. »Ich möchte, dass du sie für mich abgibst. Erledige es bitte gleich heute Morgen, ja? Die Versicherung sitzt auf der Grand Street, im Stadtzentrum.«

»Willst du nicht, dass ich mich um den Wagen kümmere?«

»Nein. Ich denke, ich weiß, was man mit einem demolierten Wagen zu tun hat. Bring die Formulare weg. Ich ruf dich später an und erkundige mich, wie es dir geht.« Er schaute Kerry tief in die Augen, als suche er darin die Antworten auf alle möglichen schwerwiegenden Fragen, blickte dann aber rasch wieder fort.

Kerry ging zur Treppe. »Hey, Dad –«

»Ja?«

»Du glaubst doch nicht, dass ... Donald ... ähm ...«

»Donald? Ob er den Wagen zertrümmert hat?« Lieutenant Hart wirkte angesichts dieser Frage eher beunruhigt als überrascht. »Kerry, wie kommst du darauf?«

»Ich weiß es nicht.«

»Oh. Ich dachte –« Dann riss Lieutenant Hart sich zusammen. Wieder einmal bemerkte Kerry, wie vorsichtig sein Vater mit ihm umging. *Als wäre auch Kerry nervenkrank.*

Aus irgendeinem Grund dachte er noch die ganze Zeit darüber nach, während er sich anzog, das Haus verließ und schließlich mit dem Bus quer durch die Stadt bis ins Zentrum fuhr.

Derselbe Gedanke beschäftigte ihn – neben äußerst angenehmen Gedanken über Mandy – noch, nachdem er den Umschlag für seinen Vater abgegeben hatte. Kerry ging die Grand Street hinunter, die Hände in den Taschen, ohne auf die Auslagen in den Schaufenstern zu achten – und stieß plötzlich mit jemandem zusammen.

»Au! Hey – Kerry! Du bist's wirklich! Warum guckst du nicht, wo du hintrittst?«

»Margo! Ich glaub's nicht! Ich meine – es tut mir Leid.«

Margo Fremont lächelte ihn an. Sie sah genauso aus wie früher, außer, dass sie ihr Haar jetzt kürzer trug. Ihr Lächeln verschwand sofort wieder. »Du siehst ja furchtbar aus!«

»Ein Unfall«, sagte er.

Die Wahl seiner Worte schien sie zu überraschen. Sie zuckte unmerklich zusammen. Natürlich musste auch sie alles über den Unfall mit seinem Bruder wissen. *Jeder* wusste es. Jeder außer Kerry.

»Ich bin in eine Schlägerei geraten.«

»Das sieht dir aber gar nicht ähnlich«, gab sie zurück und grinste. »Was gibt's Neues am Revere? Werde ich vermisst?«

»Du bist für alle das einzige Gesprächsthema«, sagte Kerry. »Wann wird Margo endlich zurückkommen und uns besuchen? Nichts ist mehr wie es war, seit du weg bist. Die Schule verfällt zunehmend. Die Wände bekommen schon Risse, und das alles nur, weil du nicht mehr da bist.«

»Ich gehe jetzt zur Worthingshill«, erzählte sie und verdrehte die Augen. »Dort lernt man als Erstes, wie man ein eingebildeter Snob wird.«

»Du hast immer schon was von einem Preppy gehabt, Margo, gib's zu.«

Sie reckte ihre Nase nach oben. »Ein Preppy? Wir verkehren nicht mit Preppies. Sie sind so *gewöhnlich*, weißt du.«

»Hör mal«, sagte er, einer plötzlichen Eingebung folgend, »Mandy ist einfach klasse.«

»Wie bitte?«

»Mandy – sie ist wirklich großartig«, wiederholte er.

»Es freut mich, das zu hören«, sagte Margo. Aus irgendeinem Grund schwang ein sarkastischer Unterton in ihrer Stimme mit. »Aber wer in aller Welt ist Mandy?«

»Ach, komm schon, Margo – das weißt du doch. Das Mädchen, das du auf mich angesetzt hast. Das Blind Date! Das war wirklich nett von dir. Ich habe gleich versucht, dich anzurufen, aber du warst nicht zu Hause.«

»Mandy? Mandy wer?«

»Du willst mich verschaukeln, stimmt's?«

»Kerry, irgendjemand verschaukelt *dich* ganz offensichtlich. Aber, Süßer, bestimmt nicht ich!«

»Du kennst Mandy Lawrence gar nicht?«

»Nein.« Sie schüttelte nachdrücklich den Kopf.

»Du hast kein Blind Date für mich arrangiert?«

»Kerry, wenn deine Stimme noch höher wird, muss ich mir einen Heißluftballon mieten, um dich verstehen zu können. Nein, ich kenne sie nicht. Und nein, ich habe nichts vermittelt.«

Kerry war sprachlos.

»Aber freut mich, dass sie dir gefällt«, wiederholte Margo spöttisch. »Hat sie dich wirklich angerufen und erzählt, dass ich ihr deinen Namen genannt habe?«

»Ich glaube schon ...«, sagte Kerry und versuchte angestrengt, sich das erste Gespräch mit Mandy in Erinnerung zu rufen. »Ich bin sicher, dass sie sagte, du hättest –«

»Tja ... vielleicht nimmt sie ja an, dass sie mich kennt oder so. Ich weiß es nicht. Vielleicht verwechselst du mich ja auch mit einer anderen, obwohl ich mir beim besten Willen nicht vorstellen kann, wie das möglich sein könnte.«

Kerry bekam nicht ein Wort von dem mit, was Margo sagte. Irgendetwas war faul an der Sache. Mandy hatte eindeutig gesagt, dass es Margo gewesen war. Mehr als einmal.

»Hey ... war schön, dich wiederzusehen, Margo. Bye.« Kerry ging weiter die Straße hinunter. Seine Gedanken waren in Aufruhr.

»Bye, hat mich auch gefreut!«, rief Margo ihm nach. Sie schüttelte noch einmal den Kopf und ging in die andere Richtung davon.

Kerry war froh, dass er Mandy in ein paar Stunden treffen würde. Er wollte sie zur Rede stellen. Er musste die Wahrheit erfahren.

Viel zu lange hatte er sie in einer unzugänglichen Ecke seines Gehirns versteckt gehalten. Er beschloss, dass es damit jetzt ein Ende haben sollte. Er wollte sich der Wahrheit stellen – gleichgültig, wie schmerzhaft sie für ihn sein würde, und gleichgültig, welche Gefahren in ihr lauerten.

Er wartete eineinhalb Stunden bei Phil's, aber Mandy kam nicht.

Kapitel 13

Als er zu Hause ankam, klingelte gerade das Telefon.

»Hi, Kerry. Es tut mir Leid. Ich wurde aufgehalten.«

»Mandy – ich habe schon versucht, dich anzurufen. Aber die Auskunft hatte euren Namen nicht. Es gibt überhaupt keine Einträge zu Lawrence.«

Einen Moment lang war es still. »Wahrscheinlich liegt es daran, dass das Telefon auf den Namen meiner Mutter angemeldet ist«, sagte sie dann wenig überzeugend. Oder wurde Kerry mittlerweile allem und jedem gegenüber misstrauisch? »Frances. So heißt sie. Sie nennt nicht immer den Namen meines Vaters.«

»Aha, schon klar. Wo warst du denn? Ich wollte dringend mit dir reden.«

»Ich wollte auch mit dir reden.« Das weiche, erotische Timbre in ihrer Stimme war gänzlich verschwunden. Sie klang ängstlich, geradezu besorgt. »Ich wollte wirklich – hm – pass auf, wie ist es mit heute Abend?«

»Ich weiß nicht. Ich habe keinen Wagen. Dad möchte nicht, dass ich –«

»Ich kann einen Wagen besorgen«, sagte sie schnell. »Ich hole dich um halb acht ab, okay? Wir fahren einfach ein bisschen durch die Gegend. Weißt du – wie im Film.«

Er lachte. »Du willst ja nur irgendwo parken«, sagte er. »Ich kenne das.«

»Kann schon sein«, gab sie mit dem vertrauten neckischen Unterton in der Stimme zurück.

»Ich glaub, ich könnte mich überreden lassen«, sagte Kerry fröhlich. Es war doch gleichgültig, dass Margo sie nicht zusammengebracht hatte, dachte er bei sich. Mandy war einfach umwerfend.

»Also hole ich dich um halb acht ab?«

»Okay«, sagte er. Als er auflegte, lag immer noch ein breites Grinsen auf seinem Gesicht.

»Ich weiß gar nicht, was es zu grinsen gibt«, sagte Lieutenant Hart, der gerade in die Küche kam. Er nahm sich eine Hand voll Kekse aus einer offenen Packung und stopfte sie sich in den Mund. »Der – mmmmph mmmmph mmmmph mmmmph ...«

»Wie bitte?«, fragte Kerry.

Sein Vater schluckte. »Die Autoreparatur wird mehr als sechshundert Dollar kosten.«

»Nimm dir noch ein paar Kekse«, sagte Kerry.

Sie setzten sich an den Küchentisch und unterhielten sich lange. Am Ende erzählte Kerry seinem Vater beinahe alles, was ihm seit dem Unfall auf dem Footballfeld widerfahren war. Er begann langsam und widerwillig, war sich nicht sicher, wie viel er preisgeben wollte, wie viel von seinen Schmerzen und seiner Angst er seinem Vater offenbaren wollte. Aber dann sprudelten die Worte doch wie ein Wasserfall aus ihm heraus: die Drohungen, die Anrufe spät in der Nacht, die Streiche, die Freunde, die nicht mehr mit ihm reden wollten, die Schlägerei auf dem Basketballfeld – alles.

Sein Vater saß währenddessen mit geschlossenen Augen zurückgelehnt auf einem Küchenstuhl und rieb mit Daumen und Zeigefinger seinen Nasenrücken. Hin und wieder machte er sich Notizen, kritzelte ein paar

Worte auf einen kleinen weißen Notizblock. Ein paar Mal schüttelte er ungläubig den Kopf, als wolle er sagen: »Diese jungen Leute heutzutage ...«

Kerry erzählte ihm alles, was passiert war – mit Ausnahme seiner Beziehung zu Mandy. Er hatte das Gefühl, sie irgendwie zu besudeln, wenn er in einem Atemzug mit all den Horrorgeschichten der letzten Tage von ihr erzählt hätte. Er wollte diese eine positive Geschichte für sich allein behalten.

»Wer ist eigentlich dieses Mädchen, diese Mandy, die gestern Abend angerufen hat?«, fragte sein Vater jedoch. Lieutenant Hart war ein guter Polizist. Er ließ sich kein Detail durch die Lappen gehen.

Kerry lächelte beeindruckt. »Sie war ein Blind Date. Sie wohnt auf der Sizemore Street. Ihre Familie ist gerade erst hierher gezogen, und Mandy hat vor kurzem am Revere angefangen. Wir ... sie ist sehr nett. Ich meine, irgendwie mag ich sie.«

»Wirst du sie wiedersehen?« Sein Vater kritzelte etwas auf seinen Block.

»Ja. Heute Abend.«

Lieutenant Hart runzelte missbilligend die Stirn. »Du solltest besser für eine Weile nicht abends ausgehen. Wir müssen erst herausbekommen, wer das alles getan hat.«

Die Aussicht, dass er Mandy nicht würde treffen können, gefiel Kerry gar nicht. »Weißt du, Dad, ich kann mir nicht von nun an eine Tarnkappe aufziehen wie im Märchen.«

»So habe ich das nicht gemeint. Ich glaube einfach nur, dass –«

»Also, wir wollen nur ein bisschen in der Gegend herumfahren«, sagte Kerry und wusste im gleichen Moment, dass es sich kindisch anhörte.

»Nur ein bisschen herumfahren, was?« Sein Vater

lachte. Er hievte sich von seinem Stuhl hoch. »Tja, ich weiß nicht … Du kannst in fürchterliche Schwierigkeiten geraten, ohne den Wagen überhaupt verlassen zu haben, ist dir das klar, Junge?« Er lachte wieder.

Kerry spürte, dass sein Gesicht über und über rot wurde. Er mochte es überhaupt nicht, wenn sein Vater ihn mit dem Thema Sex aufzog.

»Ich muss zur Wache«, sagte Lieutenant Hart und suchte nach seiner Dienstmütze. »Wir haben wirklich ein großes Problem, Kerry. Das geht alles weit über die üblichen Teenager-Streiche hinaus. Ich weiß nicht, wie ernst wir die Morddrohungen von diesem Mädchen am Telefon nehmen müssen – vielleicht haben sie gar nichts zu bedeuten. Aber man kann nie wissen. Es schadet auf jeden Fall nichts, eine Weile auf Nummer Sicher zu gehen und sich unauffällig zu verhalten, bis wir den Schuldigen oder die Schuldigen erwischt haben.« Er entdeckte seine Mütze auf dem Kaminsims und setzte sie auf seinen spärlich behaarten Kopf. »Ich weiß, dass es dir nicht besonders gefallen wird, aber ich muss die Schule in die Untersuchungen einbeziehen.«

»Dad –« Kerry hielt inne, bevor er seinen Satz zu Ende gebracht hatte. Er wusste, dass es keine Möglichkeit gab, seinen Vater aufzuhalten. Und dieser hatte Recht. Kerry hatte die Nase voll von den Drohungen und der Angst. Er war froh, dass er seinen Vater in all das eingeweiht hatte. Er nickte und sagte nichts mehr.

Lieutenant Hart legte kurz seine Hand auf Kerrys Schulter und ging dann zur Tür. »Sei vorsichtig, mein Sohn.«

»Ja. Klar, Dad. Danke.«

»Du kannst mich jederzeit anrufen, okay?«

»Okay.«

Die Tür schlug zu. Kerry blieb am Küchentisch sitzen und starrte den Stuhl an, auf dem soeben noch sein

Vater gesessen hatte. Er fühlte sich ein bisschen besser. Irgendwie vermittelte ihm die Tatsache, dass er seinem Vater alle Details erzählt hatte, ein sicheres Gefühl.

Er fühlte sich ungefähr eine Minute lang sicher.

Dann klingelte das Telefon.

Unvermittelt sprang ihn die Angst wieder an und setzte sich in seinem Brustkorb fest.

Kerry ließ es klingeln. Noch einmal. Noch einmal.

Er begann zu zittern.

Das war verrückt!

Er musste ans Telefon gehen. Er konnte sich nicht von dem Apparat terrorisieren lassen.

Er nahm den Hörer ab und führte ihn langsam an sein Ohr. »Hallo?«

Am anderen Ende hörte er ein lautes Rauschen, jene Art Geräusch, wie man sie von öffentlichen Telefonzellen kennt, die an einem belebten Platz stehen.

»Hallo?«, wiederholte Kerry ein zweites Mal.

»Kerry –«

Er erkannte die Stimme sofort, obwohl er sie seit über einem Jahr nicht gehört hatte.

»Kerry, hier ist Donald.«

»Donald?« Kerrys Stimme klang leise und kleinlaut. Seine Hand zitterte so sehr, dass er kaum den Hörer festhalten konnte.

»Kerry – sei vorsichtig. Ich komme ...«

Peng.

Was war passiert?

O nein, dachte Kerry.

Er hatte aus Versehen aufgelegt, hatte unwillkürlich den Hörer auf die Gabel fallen lassen.

Das Herz schlug ihm bis zum Hals. Er saß da und starrte das Telefon an, wartete, dass Donald noch einmal anrufen würde.

Aber nichts geschah.

Was hatte er bloß gemeint mit seinen Worten? – Hatte er ihn beruhigen wollen?

»Sei vorsichtig. Ich komme.«

Warum nur hatte es wie eine Drohung geklungen?

Kapitel 14

Im Herbst wurde es schon früh dunkel. Um halb sechs war die Sonne hinter den Hügeln verschwunden. Um halb acht war es bereits so finster wie um Mitternacht, und in der kalten Luft konnte man den Frost ahnen.

Kerry stand am Wohnzimmerfenster und starrte hinaus in die Dunkelheit. Er wartete auf Mandy und dachte über Donald nach. Eine kleine schwarze Wolke, schmal wie ein Band, schob sich über den Mond und teilte ihn in zwei Hälften. Normalerweise würde Kerry das nicht einmal bemerkt haben. Aber heute Abend suchte er nach Zeichen, außergewöhnlichen Zeichen als Vorboten für das, was wohl passieren würde. Er fühlte sich unwohl, als sei er in seinem Körper nicht zu Hause.

Kerry war eigentlich kein Mensch, der besonders emotional reagierte. Jeder, der ihn kannte, würde das bestätigen. Sie würden ihn eher als unbekümmert beschreiben. Donald war immer derjenige gewesen, der ausrastete und Szenen machte, er hatte lange, hitzige Diskussionen angezettelt, die häufig mit Schreiereien und Tränen endeten. Kerry war da anders. Er ging jeder Art von Streit aus dem Weg oder versuchte, stattdessen einen Scherz zu machen.

Aber heute Abend fühlte er sich irgendwie anders. Er hatte beinahe das Gefühl, weinen zu müssen. Dann verschwand es wieder, und Kerry fühlte sich glücklich, fast schon zu glücklich. Es war, als führen seine Gefühle Achterbahn, und je weiter es auf halb acht zuging, desto schneller ging die Fahrt, desto schneller wechselten seine Gefühle.

Wahrscheinlich bin ich einfach übermüdet, sagte er sich.

Um viertel vor acht kam Mandy hupend den Hügel heraufgefahren. Kerry starrte vom Fenster aus dem Wagen entgegen. Es war ein nagelneuer Pontiac Firebird. Das Mondlicht wurde von der glänzenden Kühlerhaube reflektiert.

Kerry rannte nach draußen und ließ die Fliegenschutztür hinter sich zuschlagen. Mandy öffnete von innen die Beifahrertür, worauf im Wageninnern das Licht anging. Er stellte fest, dass der Wagen schwarz und von innen hellrot war, mit glänzenden roten Schalensitzen aus Leder und rotem Armaturenbrett. »Ich muss sagen, ich bin schwer beeindruckt«, sagte Kerry, während er sich in den Wagen hineinbeugte und mit seiner Hand über den ledernen Rücksitz strich.

»Du bist wirklich leicht zu beeindrucken, was?«, fragte sie, ergriff seinen Arm und zog ihn auf den niedrigen Schalensitz. Dann drückte sie seine Hand und ließ sie nicht mehr los. »Ich hoffe, du hast jetzt nicht vor, die ganze Zeit über das Auto zu reden. Du hast mich noch nicht eines Blickes gewürdigt. Ich bin bereits eifersüchtig.«

Kerry sah sie an. Sie trug Jeans und einen dicken Wollponcho, einen flauschigen, schlabberigen Poncho im 60er-Jahre-Stil, dessen Saum mit Fransen besetzt war. »Ich finde deinen – ähem – Pulli schön«, sagte er und zupfte an einem der Fransenbüschel.

»Wirklich? Ich habe ihn selbst gemacht.« Offensichtlich geschmeichelt von seinem Kompliment, lächelte Mandy.

»Du musst ja lange dafür gebraucht haben«, sagte er.

»Ich *hatte* auch lange Zeit«, gab sie zurück und ihr Lächeln erstarb.

»Los, sag schon, wo hast du diesen Bonzenschlitten her?«

Mandy beugte sich nach vorn, legte den Rückwärtsgang ein und begann zu wenden. »Hör mal, das mit heute Nachmittag tut mir wirklich Leid. Ich hoffe, du hast nicht allzu lange gewartet.«

»Och, nein. Nur ungefähr eineinhalb Stunden«, antwortete er. Er spürte, wie ein wenig von seinem Ärger darüber, dass sie ihn versetzt hatte, zurückkehrte.

»Oh. Es tut mir wirklich Leid. Ich fühle mich schrecklich.« Mandy schenkte ihm eines ihrer geheimnisvollen Lächeln und legte ihre Hand auf sein Knie. »Vielleicht kann ich es ja wieder gut machen.«

Er lächelte. »Vielleicht werde ich dazu nicht Nein sagen.«

»Ich war schon unterwegs, weißt du, aber – nun, das ist eine lange Geschichte. Wo möchtest du hinfahren?«

»Keine Ahnung. Wir haben nicht viele Möglichkeiten, oder? Hier in der Gegend kannst du entweder durch die Stadt oder in die Hügel fahren.«

»Lass uns erst durch die Stadt und dann in die Hügel fahren«, sagte sie.

»Okay. Ich bin bereit.« Kerry rutschte tiefer in den Beifahrersitz. Das Leder fühlte sich weich und kühl an, und der Motor schnurrte sanft. Mandy lenkte den Wagen die steile Straße hinunter in Richtung Stadt. Offensichtlich hatte sie die Heizung hochgedreht. Dank der warmen Luft aus dem Gebläse fühlte Kerry sich behaglich, glücklich und sogar ein bisschen schläfrig.

»Erzähl mir die lange Geschichte«, sagte er. Er nahm sich vor, dieses Mal nicht locker zu lassen, bis sie ihm geantwortet hatte.

Mandy runzelte die Stirn und biss sich auf die Unterlippe. Mit den blonden Haaren, die ihr offen über die Schultern fielen, und in diesem altmodischen Fransenponcho wirkte sie wie ein Mensch aus einer anderen Zeit. Irgendetwas Trauriges haftete an ihr, dachte Kerry plötzlich. Dann erkannte er, dass es wohl abermals seine eigenen Gefühle waren, die ihm einen Streich spielten. Warum fühlte er sich nur so hin und her gerissen?

»Ich möchte nicht«, antwortete sie mit einem leicht ärgerlichen Ton.

»Ich werde dich dazu zwingen«, sagte er neckisch.

»Wie willst du das denn schaffen?«

»Ich werde dich auskitzeln.«

Mandy lächelte. »Ich bin nicht kitzlig.«

»Jeder ist kitzlig – irgendwo«, gab er zurück und versuchte, seiner Stimme einen verruchten Klang zu geben.

»Ich nicht«, sagte sie, immer noch lächelnd. »*Ohhh*!«

Sie machte mit dem Wagen einen Schlenker nach rechts. Er erwischte ein Schlagloch und fuhr auf den Straßengraben zu. Mandy riss das Lenkrad herum und steuerte den Wagen zurück auf die Straße.

»Da war ein Tier«, sagte sie. »Es ist mir direkt vor die Räder gelaufen. Igitt!«

Kerry schlug das Herz bis zum Hals. »Vergiss das mit dem Kitzeln«, sagte er. »Während du fährst, werde ich die Finger von dir lassen. Okay?«

»Ja. Ich glaube das ist besser.« Sie beugte sich nach vorn und starrte konzentriert auf die dunkle Straße. In dieser Gegend gab es keine Beleuchtung, und die Straße, die sich den Hügel hinunterwand, hatte einige gefährlich scharfe Kurven. »Hast du es gesehen? Was war das für ein Tier?«

»Auf jeden Fall kam es mir wie ein Elefant vor«, sagte er. »Vielleicht sollten wir irgendwo anhalten. Ich könnte mir vorstellen, dass du keine Lust hast, den ganzen Abend hinter dem Steuer zu verbringen.«

»Nein«, protestierte sie sofort. »Nein, wirklich, ich fahre gern. Von mir aus können wir einfach im Auto bleiben und uns unterhalten. Ich – na ja, vielleicht werde ich dir erzählen, warum ich dich heute Nachmittag versetzt habe. Ich weiß noch nicht. Ich kann mich einfach nicht entscheiden.«

»Das hört sich ja kompliziert an«, sagte er. Sie fuhr abermals über ein Schlagloch. Er merkte, wie die Reifen auf dem glatten Asphalt leicht ins Schleudern gerieten. »Hey, nicht so schnell!«

»Oh, tut mir Leid. Stimmt, ich bin 90 gefahren. In diesem Auto merkt man das gar nicht so.« Mandy machte plötzlich einen ziemlich nervösen Eindruck. Sie spähte in den Rückspiegel. Hinter ihnen war kein Auto in Sicht.

»Du denkst sicher, dass ich mich ein bisschen ... verrückt ... aufgeführt habe«, sagte sie, während sie den Fuß etwas vom Gas nahm. »Na ja, ich meine, du kennst mich ja eigentlich gar nicht richtig. Also findest du vielleicht, dass ich irgendwie abgedreht bin. Aber ...«

»Genau!«, sagte Kerry. »Genau, das denke ich.«

Es hatte ein Scherz sein sollen, aber sie nahm seinen Kommentar offensichtlich ernst. »Tja, ich kann es dir nicht einmal verübeln. Ich hab mich ja auch sehr blöd aufgeführt. Aber ich – weißt du, es gibt einen Grund dafür. Ich wollte es dir eigentlich nicht erzählen. Ich meine, du hast schließlich genug eigene Probleme.«

»Das ist nett untertrieben«, bestätigte Kerry.

»Ich weiß nicht, ob es fair ist, wenn ich dir noch mehr Probleme aufhalse. Aber mir ist wichtig, dass du nicht denkst, ich hätte einen Knall oder so. Es *gibt* einen Grund, warum ich – ich meine, warum ich nicht gekommen bin und warum –«

Einen Moment lang schwieg sie. Sie hielten an der Ampel am Fuß des Hügels. Obwohl nirgendwo ein anderes Auto zu sehen war, warteten sie die lange Rotphase ab. Dann fuhr Mandy langsam wieder an. Die Straße verlief jetzt ohne Steigungen und schnurgerade. Zu beiden Seiten standen jene typischen ordentlichen Vorstadthäuser.

»Na ja, ich vermute, das wird sich jetzt noch verrückter anhören ...«, begann Mandy. Sie starrte stur geradeaus auf die Straße und senkte ihre Stimme bis zu einem Flüstern, das kaum noch zu hören war. »Aber ich weiß, dass ich keinen Vogel habe. Ich weiß, dass es die Wahrheit ist. Es ist so –«

»Was denn nun?«, fragte Kerry ungeduldig. Im selben Moment tat es ihm Leid, dass er seine Ungeduld nicht gezügelt hatte. Er sah ihr an, dass sie wirklich unglücklich war und dass es ihr schwer fiel, ihm zu erzählen, warum sie nicht erschienen war.

»Also ... ich glaube, jemand verfolgt mich. Ich meine, ich *weiß*, dass es so ist.«

Sie bog an der nächsten Ecke nach Wellmore ab und fuhr an der Grundschule vorbei. Obwohl alle Lichter brannten, wirkte das Schulgebäude wie ausgestorben.

»Warum?«, fragte Kerry. »Wer sollte dich denn verfolgen?«

»Ich weiß nicht, *warum*«, sagte sie. Dann zögerte sie. »Aber ich glaube, ich weiß, *wer* ...«

»Na los, sag schon«, sagte Kerry ungeduldig. »Wer ist es?«

Sie wandte ihren Kopf zu ihm um und schaute ihm in die Augen. »Donald. Dein Bruder Donald.«

Der Wagen streifte mit den Rädern die Bordsteinkante und hätte um ein Haar ein parkendes Fahrzeug erwischt. »Mandy – pass doch auf, wo du hinfährst!«, schrie Kerry auf.

»Tut mir Leid«, sagte sie achselzuckend und riss das Steuer unsanft nach links.

»Warum sollte mein Bruder ausgerechnet *dich* verfolgen?«, fragte Kerry. Dabei erinnerte er sich unwillkürlich an Donalds Stimme am Telefon. *Sei vorsichtig. Ich komme.*

»Ich hab's dir doch gesagt – ich weiß nicht, *warum*«, antwortete sie mit schriller Stimme.

Sei vorsichtig. Ich komme.

Warum in aller Welt sollte Donald Mandy verfolgen? War er hinter ihnen beiden her?

»Das wird mir langsam zu verrückt«, sagte Kerry.

»Ich wusste, dass du glauben würdest, ich sei verrückt«, stellte Mandy niedergeschlagen fest. Sie bog in Richtung Sycamore ab.

»Ich glaube ja gar nicht, dass du verrückt bist«, widersprach er. »Ich glaube nur, dass die Welt verrückt ist. Donald hat mich heute Abend angerufen und gesagt –« Er hielt inne. Ein Gedanke schoss ihm durch den Kopf. »Hey – woher kennst *du* eigentlich meinen Bruder?«

Die Frage schien sie nervös zu machen. Sie starrte nach vorn auf die Frontscheibe und blinzelte mit ihren blauen Augen, weil ein entgegenkommendes Fahrzeug sie mit seinen Scheinwerfern blendete. »Ich habe nicht gesagt, dass ich deinen Bruder kenne«, sagte sie schließlich. »Ich habe nur erzählt, dass er mich verfolgt. Wenigstens glaube ich das.«

Diese Antwort genügte Kerry nicht. Er wollte gerade noch einmal ansetzen, als er bemerkte, dass sie sich dem Haus in Sycamore näherten. Jenes Haus, von dem er gedacht hatte, dass sie dort wohnt. Amandas Elterhaus.

Ob sie bewusst das Tempo drosselte, als sie an dem Haus vorbeifuhren?

Nein.

Das konnte nicht sein.

Aber warum fuhr sie dann auf einmal so langsam? Und warum hatte sie dieses seltsam entrückte Lächeln auf ihrem Gesicht?

Kerry schaute kurz zu dem Haus hoch, dass auch diesmal völlig dunkel und verlassen wirkte. Er wusste, dass das Ehepaar zuhause war, konnte sich noch gut an ihre Gesichter erinnern, an den entsetzten Blick, als sie ihn erkannt hatten.

»Hey, Kerry, du bist ja auf einmal so blass geworden. Was ist los?«

Wollte sie sich über ihn lustig machen?

Nein.

Schluss damit, sagte Kerry zu sich selbst.

Er begann allmählich, *jedem* gegenüber misstrauisch zu werden. Das durfte er nicht zulassen.

Sie bog nach rechts ab, Richtung Hickory. Die Schule lag nur noch ein paar Häuserblocks entfernt. »Nichts ist los«, sagte er, »mit mir ist alles in Ordnung.«

Aber die traurigen Gesichter von Amandas Eltern gingen ihm nicht mehr aus dem Sinn. Warum war Mandy bloß nach Sycamore gefahren?

»Das ist übrigens auch der Grund, warum ich am Samstag mal kurz aus der Sporthalle verschwunden bin«, fuhr Mandy fort und unterbrach damit seine düsteren Gedanken. »Ich hatte geglaubt, Donald gesehen zu haben.«

»Aber – das ist doch unmöglich!«, rief Kerry. Doch im selben Augenblick wurde ihm bewusst, dass es nicht unmöglich war.

»Und als wir auf dem dunklen Parkplatz standen, hatte ich wieder das Gefühl, dass er uns beobachtet. Deshalb bin ich so schnell zum Bus gerannt.«

»Hast du ihn gesehen? Hast du ihn wirklich gesehen?«, fragte Kerry, der das alles einfach nicht glauben wollte.

»Nun … ich habe ihn nicht wirklich gesehen … nur seinen Schatten.« Mandy erschauderte. Kerry hatte plötzlich ein schlechtes Gewissen, dass er sie so misstrauisch ausfragte.

»Als ich heute Nachmittag in die Stadt gegangen bin, um dich zu treffen, habe ich ihn auch wieder in meiner Nähe gespürt«, sagte sie. »Ich drehte mich um, aber niemand war zu sehen. Ich vermute, er will nicht, dass ich ihn sehe. Aber ich weiß, dass er da war. Ich weiß es einfach.« Sie biss sich nervös auf ihre dunkelroten Lippen.

»Also bist du in dem Café gewesen? Ich meine, du warst bei Phil's?«

»Fast. Aber dann war er direkt hinter mir und ich bin weggerannt. Ich wollte zurück zum Auto, ich musste ihm entkommen. Ich hatte solche *Angst* …« Sie begann heftig zu zittern. Kerry legte eine Hand auf ihre rechte Schulter, um sie zu beruhigen.

»Lass uns nicht mehr darüber reden«, sagte er sanft. »Fahr doch in die South Hills. Wir können beim Point anhalten und uns ein bisschen unterhalten.«

»Unterhalten? Am Point?« Sie lächelte ihn schon wieder verschmitzt an.

»Ja, unterhalten«, sagte er. »Zumindest für eine Weile.« Er lachte.

Aber eigentlich war ihm überhaupt nicht nach lachen. Schweigend fuhren sie die sanft ansteigende Straße hinauf. Der Mond war mittlerweile ganz hinter den Wolken verschwunden. Obwohl es noch recht früh am Abend war, fuhren kaum noch Autos auf den Straßen.

Nach einer Weile begann Kerry sich wegen des Schweigens unwohl zu fühlen. Er suchte verzweifelt nach einem neuen Gesprächsthema, wollte über irgendetwas Unverfängliches reden.

Dann musste er plötzlich blinzeln. Der Wagen, der ihnen entgegenkam, hatte offensichtlich Fernlicht an. Das grelle Licht blendete in der stockfinsteren Umgebung unangenehm.

»Ich habe Margo in der Stadt getroffen. Sie sagte, dass sie dich nicht kennt«, begann Kerry.

Warum hatte er das erzählt? Er hatte es eigentlich gar nicht vorgehabt. Die Worte waren ihm in dem Bemühen, irgendetwas zu sagen, einfach herausgerutscht.

»Hey – Mandy! Nein! Pass auf!«

Sie riss das Lenkrad nach links und steuerte den Wagen auf die andere Straßenseite – direkt auf das entgegenkommende Auto zu …

Kapitel 15

Kerry starrte mit weit aufgerissenen Augen auf die Scheinwerfer, bis er nichts mehr sah als ein gleißendes weißes Licht. Er hörte einen dumpfen Knall, wie von zerberstendem Metall, und das Splittern von Glas.

Dann erst spürte er den Stoß.

Der Zusammenprall schleuderte ihn heftig gegen die Tür. Das gleißende Weiß wurde Schwarz und leuchtete dann wieder weiß auf.

Kerry verspürte einen stechenden Schmerz seitlich am Kopf und schrie auf.

Aus irgendeinem Grund gab es einen zweiten Stoß, etwas prallte seitlich gegen den Wagen, und wieder überfiel ihn ein stechender Schmerz.

Kerry vernahm das sirrende Geräusch eines Autorads, das in der Luft durchdreht. Er hörte, wie Glasscherben auf dem Asphalt aufschlugen und zersprangen.

Dann vernahm er ein leises Schluchzen.

Sein Kopf fühlte sich an der Seite feucht an, warm und feucht. War das Blut?

Er öffnete die Augen und sah immer noch das Scheinwerferlicht vor sich. Würde er jemals wieder normal sehen können? Oder würde dieses grelle Weiß für immer in seinen Augen bleiben?

Er versuchte etwas zu sagen, brachte aber nur ein Keuchen hervor. Seine Kehle war wie zugeschnürt. Er hustete.

»Hey –«

Er konnte noch sprechen.

Die Schmerzen in der Seite zogen mittlerweile durch seinen ganzen Körper.

Sein Kopf dröhnte.

Kerry fuhr sich abermals mit der Hand an den Kopf. Es war Blut. Sein Kopf blutete.

Von irgendwoher tauchten Schatten auf. Zum Glück konnte er langsam wieder sehen.

Kerry versuchte sich nach vorn zu beugen, aber die Schmerzen waren zu heftig.

Dann wurden die Schatten dunkler, und Kerry erkannte nach und nach seine Umgebung. Er sah, dass der Wagen total zerstört war. Die Scheinwerfer des anderen Wagens, mit dem sie zusammengeprallt waren, warfen einen hellen Lichtschein auf die vordere Sitzbank.

Kerry schaute zu dem Mädchen hinüber. Es lag in einem merkwürdigen Winkel vornüber gebeugt. Keuchend rang er nach Atem. Sein Kopf war durch die Windschutzscheibe gestoßen.

Kerry sprach ihren Namen aus. »Amanda.«

Er zog sie am Arm, zog ihren Kopf ins Wageninnere zurück. Ihre weit aufgerissenen Augen starrten ihn blicklos an. Ihr Unterkiefer fiel nach unten.

Sie war tot.

»*Nein! Nein! Nein!*«

Amanda war tot.

Donald. Was war mit Donald?

»Donald?«, rief er.

»Was ist?«

Er beugte sich über das tote Mädchen und sah seinen Bruder an.

Donald schüttelte den Kopf.

Er lebte.

Sein Fenster, das Fenster auf der rechten Wagenseite, stand offen.

Donald steckte seinen Kopf aus dem Fenster, rang nach Luft, atmete die kalte Nachtluft ein.

Donald lebte.

»Donald …«, sagte Kerry, dem das Blut vom Kopf den Hals hinunterlief.

»Ja. Ich bin hier.«

»*Amanda* …«, begann Kerry. Donald wusste es noch nicht. Donald wusste noch nicht, dass seine Freundin tot war.

Kerry stützte sich auf dem Lenkrad ab.

»Sie ist tot«, sagte er.

Immer noch hörte er das Sirren des durchdrehenden Rades.

»Nein«, sagte Donald.

»Sie ist tot«, wiederholte Kerry über den dröhnenden Schmerz hinweg, über das weiße Gleißen, das wieder vor seinen Augen erschien, über das Blut und die Übelkeit, die plötzlich von seinem Magen aufstieg. »Sie ist tot – und ich bin schuld.«

»Mann! Das war vielleicht knapp«, sagte Mandy.

Sie hatte den Wagen herumgerissen und am Straßenrand angehalten.

»Ich weiß gar nicht, wie das passieren konnte! Vermutlich bin ich mit der Hand vom Lenkrad abgerutscht.«

Kerry wartete, dass sein Herz aufhörte zu hämmern, dass das weiße Gleißen aus seinen Augen verschwand. Er bemerkte, dass er schwitzte. Sein ganzer Körper war von kaltem Schweiß bedeckt. Seine Kleider fühlten sich nass an.

»Zum Glück ist der Typ noch rechtzeitig ausgewichen. Sonst wäre es zu spät gewesen«, sagte Mandy und schüttelte den Kopf. »Alles okay?«

Kerry gab keine Antwort.

Er hatte alles gesehen. Er hatte es im Lichtschein der herannahenden Scheinwerfer gesehen.

Seine Erinnerung war zurückgekehrt. Diese Nacht, diese furchtbare Nacht des Grauens war wieder da.

»Kerry – was ist los mit dir? Ist alles in Ordnung?«

Mandys Stimme kam von weit, weit her.

Es war ein Jahr her. Amanda, Donald und er hatten einen Ausflug in die Hügel gemacht. Kerry sah es alles wieder genau vor sich.

Sie hatten einen Unfall, prallten frontal mit einem großen Buick zusammen.

Der Buick war umgekippt. Kerry erinnerte sich an das Geräusch der Räder, die in der Luft durchdrehten.

Donald hatte nicht viel abbekommen, lediglich einen Schock.

Er selbst hatte eine Schnittverletzung, nichts Schlimmes. Und eine Gehirnerschütterung.

Aber Amanda. Amanda ... war ... tot.

»*O mein Gott – nein*!«, brüllte Kerry, so laut er konnte.

Mandy schrie auf, wandte sich ihm zu und ergriff ihn mit beiden Händen an den Schultern. »Kerry – was ist los? Hey? Es ist alles in Ordnung. Wir hatten keinen Unfall!«, rief sie.

Amanda war tot. Kerry sah alles ganz deutlich vor sich. Er hörte es. Er roch es. Roch das Blut, das brennende Gummi, roch das Grauen.

Amanda war tot – und es war seine Schuld.

Er sah es klar vor sich, spürte deutlich den Schmerz in seiner Seite und das Dröhnen in seinem Kopf, fühlte alles wieder genau wie damals.

Es war seine Schuld gewesen – *weil er am Steuer gesessen hatte.*

Allmählich drang in sein Bewusstsein, dass Mandy ihn an den Schultern schüttelte. »Los, komm, Kerry. Es ist alles okay! Bitte! Es ist okay. Hör auf – du machst mir Angst!«

»Mandy ... du kannst aufhören ... aufhören mich zu schütteln.« Kerry richtete sich in dem weichen Ledersitz auf. Er schaute sich um. Soeben trat über ihnen der Mond wieder hinter den Wolken hervor. Rund und hell. Er wirkte irgendwie beruhigend.

Es war niemand sonst in der Nähe.

Der Fahrer des anderen Wagens hatte irgendetwas aus seinem Fenster gebrüllt, mit der Faust in Mandys Richtung gedroht und war mit röhrendem Motor davongebraust.

»Kerry – du hast mir richtig Angst gemacht«, sagte Mandy. Ihre Stimme klang, als sei sie verärgert. »Wir sind nur ein bisschen dicht an dem anderen vorbeigefahren. Es gibt also keinen Grund, warum du einen Schock bekommen musst.«

»Tut mir Leid«, murmelte er. Wie sollte er ihr auch erklären, was soeben mit ihm passiert war? Wie sollte er ihr klar machen, dass er sich gerade an diesen bestimmten Moment in seinem Leben, an diesen furchtbaren, unerträglichen Moment erinnert hatte? Es ging nicht. Unmöglich.

»Mandy, eines Tages ...«, begann er. Er hoffte, dass es nicht zu dramatisch klingen würde. »Eines Tages werde ich dir erzählen, was gerade mit mir los war. Es ist eine sehr lange Geschichte – und keine schöne. Aber für heute lassen wir das mit dem Point besser sausen. Ich wäre wahrscheinlich keine sehr unterhaltsame Gesellschaft. Für heute Nacht reicht es mir.«

»Willst du, dass ich dich nach Hause bringe?«, fragte sie schmollend. Aber ihre Augen, diese klaren blauen Augen, schauten ihn voller Mitleid an. Sie schien zu verstehen. »Okay«, sagte sie sanft und tätschelte seine Hand. »Ich kann eigentlich gut Auto fahren, ich begreife nicht –«

»Ich kann es dir jetzt beim besten Willen nicht erklären. Es hat nichts mit dir zu tun.« Kerry fühlte sich plötzlich erschöpft, zu schwach zum Reden. Er stützte den Kopf auf seine Hände.

Sie fuhren durch die Stadt zurück. Der Motor schnurrte leise, und sie sprachen kaum noch miteinander. Draußen war es mittlerweile ziemlich windig geworden, und die Zweige der Bäume schwankten heftig hin und her.

Kerry schaute hoch. Zu seiner Überraschung war Mandy wieder in die Sycamore Street eingebogen. »Hey, Mandy –« Sie fuhr langsam an Amandas Elternhaus vorüber.

Er konnte sich jetzt wieder genau an das Haus erinnern, an Amandas Eltern, und daran, wie er mit Amanda und Donald immer im Hobbyraum im Keller herumgehangen hatte. Sämtliche Erinnerungen, die mit dem Haus zu tun hatten, strömten wie eine Flut auf ihn ein.

»Was?«

»Warum sind wir – was machen wir in Sycamore?« Tat sie das absichtlich? Es war doch gar nicht möglich – oder?

»Ich weiß nicht. Ich fahre hier immer her. Kennst du einen besseren Weg?« Sie schien völlig arglos zu sein. Kerry fühlte sich mit einem Mal schuldig, dass er sie verdächtigt hatte.

Schuldig.

Er hatte die Schuldgefühle eines ganzen Jahres aufzuholen.

Er war der Fahrer des Unfallwagens gewesen. Er hatte Amanda getötet.

Er hatte Donalds Freundin umgebracht.

Kein Wunder, dass er diese Erinnerung aus seinem Gehirn verdrängt, sie für ein ganzes Jahr weggesperrt hatte.

Kein Wunder ...

Kein Wunder, dass Donald jetzt hinter ihm her war.

Sei vorsichtig. Ich komme.

»Du könntest über Edgemont fahren. Das ist kürzer«, blaffte er Mandy an.

Sie wirkte überrascht. »Tut mir Leid. Ich konnte ja nicht ahnen, dass du es so eilig hast, mich loszuwerden.« Sie blickte starr geradeaus.

»So habe ich das nicht gemeint.«

Die restliche Fahrt über sprachen sie kein einziges Wort mehr miteinander. Alle paar Minuten hob Kerry seinen Kopf und schaute zu Mandy hinüber. Sie sah so hübsch aus!

Aber was war das bloß für ein merkwürdiger Ausdruck auf ihrem Gesicht?

Warum lächelte sie so zufrieden? Was war es, das sie derart *zufrieden* machte?

Kapitel 16

Kerry ging sofort in sein Zimmer und legte sich ins Bett. Aber er war hellwach und konnte einfach nicht einschlafen. Von draußen drang das Mondlicht ins Zimmer und warf durch den Baum vor dem Fenster bewegliche Schatten an die Decke. Kerry starrte die Schatten an. Sie schienen ihm zuzuwinken, und er stellte sich vor, wie er sich zu ihnen gesellen und sie ihm den Weg durch das verloren gegangene Jahr zeigen würden.

Er konnte sich mittlerweile ganz deutlich an jene Nacht erinnern. Er wusste wieder, dass sie zu dritt in Amandas Hobbyraum herumgehangen hatten, dass Donald auf dem Billardtisch gelegen und Amanda und er versucht hatten, die Kugeln an ihm vorbeizuschießen. Amandas Mutter hatte ihnen große Gläser mit Eistee gebracht. Nein, halt, es war Limonade gewesen. Sie war schrecklich bitter gewesen, aber sie hatten sie trotzdem getrunken und dabei die Gesichter verzogen, hatten versucht, einander mit ihren Grimassen zu übertreffen. Donald hatte den Rest seiner Limonade in den Blumentopf gekippt, in dem der große Gummibaum wuchs.

Dann brachen sie auf, um ein wenig durch die South Hills zu fahren. Wessen Idee war es eigentlich gewesen? Donalds? Nein, Amandas. Sie hatte immer den Drang, von zu Hause wegzukommen.

Sie waren an jenem Abend glücklich gewesen, hatten ausgelassen herumgealbert. Donald und Amanda schienen nie etwas dagegen zu haben, dass sie Kerry im Schlepptau hatten. Zumindest hatte Kerry nie etwas bemerkt. Im Gegenteil, er hatte diese Stunden immer sehr genossen. Eigentlich war er immer glücklich gewesen, wenn er mit Donald zusammen sein konnte.

Sie brachen zu ihrer kleinen Spritztour auf. Kerry fragte, ob er fahren dürfe. Er war erst fünfzehn, also eigentlich noch zu jung dazu. Aber manchmal ließ Donald ihn trotzdem fahren.

Einfach so zum Spaß.

Ha.

Donald rutschte nach rechts. Amanda protestierte. Er neckte sie. Dann stieg er wieder aus, kletterte auf den Wagen und lief quer über die Kühlerhaube, wobei er so tat, als balanciere er auf einem dünnen Drahtseil. Kerry ließ sich hinter dem Steuer nieder, und Donald setzte sich schließlich auf Kerrys Platz.

Donald setzte sich auf Kerrys Platz.

Es war Donald gewesen, den sie fortgeschickt hatten, nicht Kerry. Donald hatte sich auf Kerrys Platz gesetzt. Aber Kerry war gefahren. Warum hatten sie nicht *ihn* fortgeschickt? Warum war Donald bestraft worden?

Als er jetzt vom Bett aus auf die tanzenden Schatten an der Decke starrte, wurde Kerry bewusst, dass ihm immer noch ein Stück Erinnerung fehlte.

War das vielleicht der Grund dafür, warum Donald jetzt hinter ihm her war? Weil er für ein Verbrechen bestraft worden war, das sein Bruder begangen hatte?

Kerry setzte sich ans Steuer. In den Hügeln war es schon dunkel, und er fuhr ein bisschen zu schnell. Er hatte den Wagen nicht richtig unter Kontrolle, traute sich aber nicht, dazu zu stehen. Er hasste es, von Donald ausgelacht zu werden – insbesondere in Amandas Gegenwart.

Und dann der Unfall.

Und Amanda starb.

Überall Blut.

Er zog ihren Kopf ins Wageninnere zurück und sah ihre Augen.

Ihre Augen. Sie wirkten so überrascht.

Dann schrie er.
Und dann ...
An das, was danach folgte, konnte er sich nicht erinnern. Was passierte dann?
Was in aller Welt passierte *dann*?

»Wann bist du gestern Abend nach Hause gekommen?« Sein Vater klang müde und sah auch so aus. Er nippte an seinem Kaffeebecher, als sei das seine letzte Rettung.
»Früh.« Kerry hatte eigentlich keine Lust, sich zu unterhalten. Sollte er ihm erzählen, dass Donald angerufen hatte? Vielleicht. Aber er brachte einfach nicht den Mut dazu auf.
»Wird das was Ernstes mit dir und Mandy?«
Kerry schaute überrascht auf. Normalerweise stellte sein Vater keine solch persönlichen Fragen. »Nein. Ich glaube nicht.«
Er goss Milch über seine Cornflakes und setzte sich seinem Vater gegenüber an den Tisch. »Dad, die Erinnerung kommt allmählich zurück.« Er hatte eigentlich nicht vorgehabt, es ihm gleich an diesem Morgen zu erzählen. Warum hatte er bloß davon angefangen? »Ich erinnere mich an den Unfall, an die ganze Nacht – jedenfalls an das meiste.«
Lieutenant Hart stellte behutsam seinen Kaffeebecher ab. Er umfasste mit beiden Händen die Tischkante, als suche er Halt. »Das ist gut, Kerry. Vielleicht solltest du nach der Schule gleich zu Dr. Kessel gehen.«
Dr. Kessel. Kerry hatte sie nach dem Unfall beinahe acht Monate lang dreimal wöchentlich besucht. Sie war eine nette Frau, konnte gut zuhören. Doch auch sie hatte er völlig vergessen, hatte sie aus seinem Gedächtnis gestrichen. »Ja, vielleicht«, sagte er.
»Es wird nicht leicht für dich sein, damit umzugehen. Sie kann dir bestimmt dabei helfen«, fuhr Lieutenant

Hart fort. Er umklammerte immer noch die Tischkante, und seine weiß hervortretenden Fingerknöchel verrieten die Anspannung, die dieses Gespräch mit Kerry offenbar in ihm auslöste. »Ich kann dir beim besten Willen nicht viel helfen, schließlich bin ich nur ein einfacher Polizist.«

»Es hilft schon, dass ich mit dir darüber reden kann, Dad.«

Sein Vater wurde verlegen. Er hievte sich vom Stuhl hoch und stöhnte leise auf. Sein Rücken machte ihm wieder Probleme. »Ich muss los. Pass auf dich auf. Und geh bei Dr. Kessel vorbei.«

»Ja, in Ordnung. Tschüss.«

Lieutenant Hart öffnete die Haustür und hielt dann noch einmal inne. »Die Jungs aus dem Labor haben den Wagen total auf den Kopf gestellt«, sagte er und zuckte die Achseln. »Sie haben nicht viel entdecken können, keine Fingerabdrücke oder etwas in der Richtung. Die Reifen sind wahrscheinlich mit einer Art Jagdmesser zerschlitzt worden. Und für die Scheiben hat der Täter offensichtlich einen Hammer aus irgendeinem weichen Material benutzt, vielleicht ein Schlagholz. Hast du eine Ahnung, ob irgendeiner deiner Freunde mit einem Jagdmesser und einem Schlagholz durch die Gegend läuft?«

Kerry lächelte. »Ich werde drauf achten.«

»Tu das. Hast du noch mal irgendwelche verrückten Anrufe bekommen?«

Sollte er ihm von Donald erzählen? Nein. Irgendetwas ließ ihn zögern, es zu sagen. »Nein. Nichts mehr.«

»Vielleicht hatte sich ja jemand einfach nur verwählt …?«

»Genau, Dad.«

Es musste sich jemand ziemlich *häufig* einfach nur verwählt haben.

Die Woche ging schnell vorüber. Sie erschien Kerry kurz, da sie am Montag keine Schule gehabt hatten. Er fühlte sich ein bisschen ruhiger, nachdem er mit Dr. Kessel gesprochen hatte. Sie hatte ihn gedrängt, seinem Vater von Donalds Anruf zu erzählen, doch bisher hatte er es noch nicht getan. Stattdessen hatte er die ganze Zeit das Gefühl, Donald könnte hinter der nächsten Straßenecke auftauchen oder zu Hause auf ihn warten. Doch es gab nirgendwo eine Spur von ihm.

Ein paar Mal telefoniert er mit Mandy. Sie machte stets einen recht abwesenden Eindruck und schien es darauf anzulegen, das Gespräch schnell wieder zu beenden. Er fragte sie, ob sie sich immer noch verfolgt fühle, und sie sagte ja.

»Vielleicht solltest du die Polizei anrufen«, schlug Kerry vor.

»O ja, das wäre bestimmt sehr hilfreich«, antwortete sie bissig.

»Sollen wir am Wochenende etwas zusammen unternehmen?«, fragte er.

»Vielleicht.« Ihr Stimme klang ausdruckslos und gelangweilt.

Spät in der Nacht klingelte das Telefon. Kerry nahm mit jenem unguten Gefühl ab, das ihm mittlerweile schon vertraut geworden war. Aber es hatte sich nur jemand verwählt, fragte nach einem Carlos. »Danke für den Anruf«, sagte Kerry vor lauter Erleichterung.

Freitagabend schien jeder außer ihm eine Verabredung zu haben. »Ich bin weg«, sagte Sean und winkte ihm lässig zu, seine Tasche mit den Übernachtungsutensilien in der Hand.

»Wo gehst du denn hin?«, fragte Kerry.

Aber Sean war schon zur Tür hinaus. »Er fährt zu seinem Freund, der weiter oben im Norden wohnt. Weißt du, der mit den Pferden.«

Kerry kannte ihn nicht. Sean erzählte ihm nicht viel von seinen Freunden. Sean erzählte ihm eigentlich nie viel.

»Wo ist meine Dienstmütze?«, knurrte sein Vater. »Warum liegt sie bloß nie da, wo sie hingehört?«

»Vielleicht solltest du dir eine zweite anschaffen«, schlug Kerry vor. »Dann hättest du zumindest eine größere Chance, sie zu finden.«

»Ein Cop mit *zwei* Dienstmützen! Da wären die Jungs von der Wache total aus dem Häuschen«, sagte sein Vater und gluckste vergnügt vor sich hin. »Es würde das Polizeiwesen geradezu revoltieren.«

Er suchte im Wohnzimmer und fand die Mütze schließlich versteckt zwischen den Sofakissen auf dem abgewetzten grünen Sofa. Er setzte sie sorgfältig auf und ging zur Tür.

»Hey, Dad –«

»Ja?«

»Ich muss dir noch etwas erzählen«, sagte Kerry leise.

»Das habe ich dir schon an der Nasenspitze angesehen«, erwiderte Lieutenant Hart, kam zurück ins Wohnzimmer und lehnte sich gegen das Sofa.

»Vor ein paar Tagen hat Donald angerufen.«

Lieutenant Hart wirkte nicht besonders überrascht, zumindest veränderte sich sein Gesichtsausdruck nicht. »So etwas habe ich mir schon gedacht. Was hat er gesagt?«

»Ich habe ihm gar keine Chance gegeben, etwas zu sagen«, gestand Kerry verlegen. »Ich war so aufgeregt, dass ich versehentlich an die Gabel gekommen bin.«

»Und hat er es noch einmal versucht?«

»Nein.«

»Also, was hat er gesagt?«, wiederholte sein Vater und schaute Kerry in die Augen, als versuche er, wieder ganz Polizist, an ihnen die Wahrheit abzulesen.

»Er sagte ›Sei vorsichtig. Ich komme.‹«, berichtete Kerry achselzuckend.

Bei diesen Worten zuckte sein Vater zusammen. Er presste seine schmalen Lippen aufeinander und schüttelte traurig den Kopf. »Etwas in der Art hatte ich befürchtet«, sagte er so leise, dass Kerry Mühe hatte, ihn zu verstehen. »Die vielen Monate in der Klinik …«

Kerry rang mit sich, ob er ihm von Mandys Sorge erzählen sollte, dass Donald hinter ihr her sei. Er beschloss, es nicht zu tun. Warum sollte er Mandy da mit hineinziehen?

»Hör zu, Ker.« Lieutenant Hart dachte angestrengt nach. »Ich möchte dich heute Nacht nicht allein hier zu Hause lassen.«

»Warum, Dad? Du glaubst doch nicht, dass Donald … mir etwas antun will, oder?«, fragte Kerry, dem es schwer fiel, diese unglaublichen Worte auszusprechen. *Sein eigener Bruder?*

»Ich weiß es nicht. Ich weiß es wirklich nicht«, antwortete Lieutenant Hart und fummelte am Rand seiner Dienstmütze herum. »Übrigens, du hast doch gesagt, dass deine Erinnerung zurückgekehrt ist. Weißt du, was damals nach dem Unfall passierte?«

Kerry starrte seinen Vater an.

Nach dem Unfall?

Nein. Nichts.

»Dad, sag du es mir«, sagte er schließlich. »Erzähl mir endlich die Wahrheit. Du hast keine andere Wahl mehr.«

Lieutenant Hart schien einen Moment lang darüber nachzudenken. Er starrte auf die grüne Couch und schüttelte schließlich seinen Kopf. Als er wieder aufsah, wirkte er um hundert Jahre gealtert.

»Kerry – *dein Bruder hat damals versucht, dich umzubringen.*«

»Nach dem Unfall ist Donald Amok gelaufen«, erzählte Lieutenant Hart kurz darauf. »Er hat vermutlich völlig die Kontrolle über sich verloren. Als wir am Unfallort ankamen, hatte er dich bereits aus dem Wagen gezerrt. Er schüttelte und würgte dich wie ein Wahnsinniger und brüllte dabei aus vollem Leib.

Das ist der Grund, warum wir Donald weggebracht haben, Kerry. Es waren drei Männer nötig, um ihn von dir wegzuziehen.«

»Aber er wusste in dem Moment doch sicher nicht, was er tat, oder?«, fragte Kerry. Er war völlig schockiert.

Diese Frage schien seinen Vater zu überraschen. »Tja ... ich nehme an, so könnte man es ausdrücken. Er war eindeutig völlig außer sich.«

»Er wusste vermutlich nicht einmal genau, dass ich es war, oder?«

»Der Hass blitzte aus seinen Augen, Kerry. Er hatte seine Hände um deinen Hals gelegt und würgte dich mit seiner ganzen Kraft.«

Kerry starrte seinen Vater an. Er wusste nichts mehr zu sagen.

Da war es nun. Das fehlende Puzzleteil. Er hatte es nicht finden wollen. Aber jetzt hatte sein Vater es ihm gezeigt.

»Ich hatte dir das eigentlich nicht erzählen wollen«, sagte Lieutenant Hart, der immer noch an dem grünen Sofa lehnte. Sie blickten einander lange an. Im Zimmer schien es dunkel zu werden, obwohl alle Lichter brannten.

»Jetzt muss ich aber wirklich los«, sagte Lieutenant Hart schließlich. »Ich lasse dich heute Abend nicht gern hier allein, aber ich habe keine Wahl. Hör zu, Ker, schließ bitte alle Türen hinter mir ab. Ich werde McCarty anrufen und dafür sorgen, dass jede Viertelstunde ein Streifenwagen in der Straße Patrouille fährt. Ich werde das Haus unter Beobachtung stellen. Nur für den Fall, dass Donald – wenn Donald –«

»Mir wird schon nichts passieren«, sagte Kerry. Seine Stimme glich mehr einem Flüstern.

»Wenn du irgendetwas Ungewöhnliches hörst oder siehst, ruf sofort bei der Wache an, ja?«

»Klar, Dad.«

»Und, hör zu – geh nicht mehr weg. Ich meine es ernst! Bleib zu Hause. Mag sein, dass dein Bruder dir gar nichts tun will. Aber wir können nicht sicher sein. Also verhalte dich einfach ruhig, okay?«

»Okay, Dad«, antwortete Kerry unwillig. »Ich werde es mir gut gehen lassen. Ich werde heute Abend so tun, als wäre ich Sean. Ich lümmele mich stundenlang auf dem Sofa und gucke mir alte Sitcoms an.«

»Mach das«, sagte Lieutenant Hart. Er stieß sich von der Sofalehne ab und ging zur Tür. »Hey – schließ ab!«, rief er noch einmal, als er schon draußen war.

Kopfschüttelnd ging Kerry zur Haustür und schloss sie ab. Dann lief er durch die Küche zum Hintereingang und schloss auch diesen ab. Irgendwie munterte ihn die Tatsache, dass sein Vater sich mehr Sorgen zu machen schien als er selbst, etwas auf. Er machte sich auf eine lange Nacht gefasst, in der er bei jedem ungewohnten Geräusch im Haus hochschrecken würde. Aber er konnte sich einfach nicht vorstellen, dass sein Bruder herkommen würde, um ihn zu töten.

Nicht Donald.

Nicht der gutmütige, witzige Donald. Nicht sein *Bruder*.

Und doch ... Kerry schloss alle Fenster und zog die Rollos herunter.

Sein Nacken fühlte sich steif und verkrampft an. Ihm war ein bisschen schwindelig, und er stellte fest, dass sein Herz heftig pochte. Ja, das würde in der Tat eine lange Nacht werden.

Was war das für ein Geräusch?

Irgendetwas krabbelte auf dem Dach herum.

Ein Eichhörnchen?

Kerry hielt den Atem an und lauschte.

Stille.

Ich sollte ein bisschen Musik anmachen oder so etwas, dachte er. Ich brauche vertraute Geräusche um mich herum.

Plötzlich hörte er ein Quietschen.

Er sprang auf. Es war nur der Fußboden unter seinen Turnschuhen gewesen.

O Mann, das konnte ja heiter werden!

Als das Telefon klingelte, schreckte er unwillkürlich zusammen.

Sein Hals war wie zugeschnürt. Er wusste nicht, ob er es schaffen würde, den Hörer abzunehmen.

Ob es Donald war? Oder war es wieder das Mädchen, das ihm alle Knochen brechen wollte?

Er beschloss, nicht ans Telefon zu gehen.

Doch es klingelte und klingelte.

Schließlich hielt Kerry es nicht mehr aus. Er nahm den Hörer ab.

»Kerry – ich bin's, Mandy.«

»Oh, hi Mandy, ich bin so froh –«

»Kerry, du musst mir helfen! Ich habe so furchtbare Angst! Es ist Donald. Ich glaube, er ist hier im Hause. Bitte, Kerry. *Bitte*!«

Kapitel 17

Nachdem das Gespräch beendet war, klang das Echo ihrer Stimme noch in seinem Ohr. »Ich kann nicht hier bleiben«, hatte sie atemlos gesagt, und ihre Stimme war nur noch ein verängstigtes Flüstern gewesen. »Ich habe ihn im Keller eingeschlossen. Ich muss hier raus! Ich bin gleich bei dir.«

Und dann hatte sie aufgelegt, bevor er etwas antworten konnte.

Hatte sie selbst aufgelegt? Oder war die Leitung unterbrochen worden?

Natürlich hatte sie aufgelegt, beschwichtigte Kerry sich. Fang nicht an, dir irgendwelche Schauergeschichten auszudenken. Mach es nicht noch schlimmer. Aber wie wäre das überhaupt möglich gewesen?

Er legte den Hörer zurück auf die Gabel, rührte sich aber nicht von der Stelle. Er musste nachdenken, musste dringend seinen Kopf frei bekommen und entscheiden, was am Besten zu tun war. Zunächst einmal war er froh, dass Mandy zu ihm kam. Ihre Gesellschaft konnte er gut gebrauchen. Außerdem gefiel ihm die Vorstellung, für sie den Retter zu spielen.

Aber würde Mandy bei ihm überhaupt sicherer sein? Was konnten sie beide schon gegen Donald ausrichten, wenn er wirklich ein gefährlicher Geistesgestörter war, der hinter ihr her war – oder hinter ihnen beiden?

Sei vorsichtig. Ich komme.

Und warum war Donald überhaupt hinter Mandy her? Was war ihre Verbindung zu Donald?

Die Antwort traf Kerry wie ein Schlag. Die plötzliche Erkenntnis ließ ihn bis ins Mark erschauern. Mandy selbst hatte *keine* Verbindung zu Donald. Ihre einzige Verbindung zu ihm war – Kerry.

Donald verfolgte Mandy, weil sie mit *Kerry* befreundet war.

Kerry hatte Donalds Freundin getötet. Und jetzt war Donald zurückgekommen, um sich zu rächen – war aus einer *Nervenheilanstalt* geflohen, um Kerrys Freundin zu töten!

Irgendetwas schlug in dem Moment von außen gegen das Küchenfenster. Kerry rutschte das Herz in die Hose. Er schrie vor Schreck auf. Doch wahrscheinlich war es nur eine Eichel oder ein Klumpen nasser Blätter vom Baum hinter dem Haus gewesen.

Auf zitternden Beinen ging Kerry zum Kühlschrank hinüber und nahm sich eine Coke. Er öffnete die Dose, trank einen großen Schluck und ermahnte sich, Ruhe zu bewahren. Wie kann ich ruhig bleiben, wenn doch alles meine Schuld ist?, kam sofort die Antwort aus seinem Innern.

Kerry schämte sich zutiefst wegen des Misstrauens, das er Mandy gegenüber entwickelt hatte. Als sie neulich abends zweimal an dem Haus in der Sycamore Street vorbeigefahren war, hatte er geglaubt, sie hätte diese Strecke absichtlich ausgesucht. Und dann dieses unergründliche zufriedene Lächeln auf ihrem Gesicht, als er in jener Nacht das Gedächtnis wiedererlangte.

Doch wie albern war es gewesen, sie zu verdächtigen! Eigentlich hätte sie *ihn* verdächtigen müssen. Arme Mandy. Wegen ihm war sie in Gefahr, weil er über ein Jahr, bevor sie sich kennen gelernt hatten, ein Verbrechen begangen hatte.

Ihm war klar, dass er sie beschützen musste.

Aber wie? Was konnte er tun?

Ein heftiges Klopfen an der Haustür erschreckte ihn und riss ihn aus seinen Gedanken. Er rannte zur Tür, begann, den Schlüssel umzudrehen – und zögerte dann. Was, wenn es nicht Mandy war?

»Wer ist da?«

»Ich bin's – Mandy. Wo hast du denn gesteckt? Ich hämmere schon die ganze Zeit gegen diese Tür!«

Kerry öffnete die Tür. »Es tut mir Leid. Ich war –«

Sie warf sich in seine Arme und vergrub ihr Gesicht an seinem Hals. »Kerry, ich bin so froh, so froh! Ich danke dir«, sagte sie. Ihr Gesicht fühlte sich heiß an. Kerry erwiderte ihre Umarmung.

Wenn sie nur die Wahrheit kennen würde, sagte er sich, würde sie sich nicht bei mir bedanken.

»Es wird schon alles gut«, sagte er wenig überzeugend. Es gefiel ihm, dass sie sich so dicht an ihn presste. Aber er spürte auch ihre Angst und die Verzweiflung, was seine Schuldgefühle nur noch verstärkte.

Plötzlich stieß sie ihn von sich weg. »Schnell!«, sagte sie und ließ ihren Blick in dem kleinen Wohnzimmer umherschweifen. »Hier können wir nicht bleiben. Er würde uns finden.«

»Nein«, erwiderte Kerry und fasste sie bei den Schultern. »Wir müssen hier bleiben. Hier sind wir in Sicherheit.«

»In diesem Haus sind wir leichte Beute für ihn«, widersprach sie entschieden. »Wir müssen weit weg von hier, irgendwohin, wo er uns auf keinen Fall finden kann.«

»Ich habe meinem Vater versprochen hier zu bleiben«, sagte Kerry und ging zum Sofa hinüber, um nicht so dicht am Fenster zu stehen.

»Nein. Nein! Das geht nicht.« Mandys Augen waren vor Angst geweitet. Angst, für die er allein die Schuld trug. »Ich kenne da eine Hütte«, sagte sie und folgte ihm zum Sofa. »Sie liegt im Granger Forest. Sie gehört Verwandten von mir. Aber sie sind im Moment nicht da und ich habe den Schlüssel. Kerry, dort sind wir in Sicherheit! Er wird uns nicht finden.«

»Nein, ich kann nicht –«, setzte Kerry an. Doch dann begriff er, dass sie Recht hatte. Weit weg von diesem Haus, das Donald so gut kannte, würden sie wirklich sicherer sein. Er musste versuchen, Mandy zu beschützen. Schließlich war es seine Schuld, dass Donald sie verfolgte. Er musste irgendetwas unternehmen – selbst wenn es bedeutete, gegen die Anweisungen seines Vaters zu verstoßen.

»Okay«, sagte er. »Du hast Recht. Lass uns gehen.«

Mandy umarmte ihn noch einmal. Sie wirkte dankbar und verzweifelt zugleich. »Wir sind dort in Sicherheit ...«, flüsterte sie ihm ins Ohr, wobei er ihren heißen Atem auf seiner Haut spürte, »und wir sind zusammen.« Ihre Lippen berührten flüchtig seine Wange.

»Ich – ich will – ähem – nur noch meinen Vater anrufen«, stammelte Kerry. »Dann können wir los.«

»Beeil dich. Bitte«, sagte sie mit der zarten Stimme eines kleinen Mädchens.

»Dad wird das nicht gefallen«, stellte Kerry fest, »aber er wird einsehen, dass es der sicherste Plan ist.« Er nahm den Hörer ab und begann zu wählen. »Hey!«, rief er überrascht. »Kein Freizeichen. Nichts zu hören. Die Leitung ist tot!« Er bekam plötzlich Angst.

»O mein Gott!«, kreischte sie, »wir müssen hier weg!«

»Ich bin in zwei Sekunden wieder da«, sagte Kerry und ließ den Telefonhörer einfach zu Boden fallen. Er rannte nach oben und riss eilig seinen Rucksack aus dem Wandschrank. Dann stopfte er ohne hinzusehen ein paar Hemden und andere Kleidungsstücke hinein. Anschließend rannte er, zwei Stufen auf einmal nehmend, wieder nach unten. »Okay! Es kann losgehen!«

»Du hörst dich an wie in einem schlechten Film«, sagte Mandy.

»Ich wünschte, das hier wäre ein Film«, gab er zurück. Gleich danach verließen sie das Haus.

Die Nacht war kälter, als Kerry erwartet hatte. Er fror so sehr, dass er zitterte, und sein Atem bildete dicke Qualmwolken vor dem Mund. Mandy öffnete den Kofferraum des Firebird. »Wirf dein Gepäck einfach rein«, sagte sie, während sie sich wachsam umsah. Auch sie zitterte.

Im Kofferraum lagen bereits etliche Campingutensilien, ein Baumwollzelt, Angelruten, eine Reisetasche und ein langes hölzernes Schlagholz.

Kerry hatte plötzlich ein flaues Gefühl im Magen. »Mandy!«, rief er. Sie war bereits auf den Fahrersitz geklettert.

»Was ist los? Beeil dich!«

»Mandy – dieses Schlagholz ... Wofür brauchst du das?«

»Was?« Sie stieg wieder aus und kam stirnrunzelnd zum Kofferraum gelaufen. »Wo ist das Problem?«

»Wofür hast du dieses Schlagholz?«

»Ich hab's nicht hineingelegt. Es gehört meinem Vater. Er schlägt damit die Heringe vom Zelt in den Boden, weißt du? Nun, komm schon, Kerry. Was ist los mit dir? Lass uns fahren!«

Wieder stiegen Schuldgefühle in ihm hoch. Warum war er bloß so misstrauisch? Wie konnte er dieses arme, verängstigte Mädchen verdächtigen? Kopfschüttelnd setzte er sich auf den Beifahrersitz. Mandy ließ den Wagen an, löste die Handbremse und fuhr dann zügig die Straße den Hügel hinunter.

»Vielleicht können wir das Schlagholz gebrauchen«, sagte sie plötzlich. Sie ließ ihre Augen nicht von der kurvigen Strecke. »Wir könnten das Zelt im Wald aufschlagen. Das wäre romantisch!«

»Und kalt«, bemerkte Kerry. Er fror immer noch.

»Ich werde dich schon warm halten«, flüsterte sie, drückte seine Hand und schenkte ihm ein vielversprechendes Lächeln. Mandy trug ein übergroßes graues Sweatshirt und Jeans. Kerry fiel auf, dass sie zum ersten Mal, seit sie sich kannten, wie ein normaler Mensch gekleidet war. Er lächelte zurück. Sie sah fantastisch aus. Allmählich begann er sich mit der Idee anzufreunden, eine Weile mit ihr allein in einer Hütte im Wald zu verbringen.

Aus der Schnellstraße wurde eine Landstraße. Die Landstraße ging in einen Kiesweg über. Der Kiesweg wurde zu einem Weg aus festgestampfter Erde. »Es ist gleich da oben, man kann es nur wegen der hohen Pinien noch nicht sehen«, sagte Mandy. Das helle Scheinwerferlicht durchschnitt die dunkle, eisige Luft und beleuchtete ein Gewirr aus Pinien, Eichen und Zedern. Es schien, als wollten sie im nächsten Moment auf den Wagen zuspringen.

Ein kalter Wind heulte und ließ die knorrigen Äste der Bäume erzittern. Während sie langsam den kurvenreichen Trampelpfad zu der versteckten Waldhütte hinauffuhren, klatschten immer wieder Äste und nasse Blätter gegen die Windschutzscheibe. »Bist du sicher, dass du weißt, wo du hinmusst?«, fragte Kerry.

»Nein«, antwortete Mandy. Sie lächelte. »Ist das denn überhaupt wichtig?« Hier draußen, umgeben von der Dunkelheit, schien sich ihre Nervosität zu legen. Mandy lächelte entspannt zu ihm herüber und ihre Stimme klang wie das Schnurren eines Kätzchens. »Kerry, du siehst aus, als sei dir kalt.«

»Ich habe nicht damit gerechnet, dass es so kalt sein würde. Ich hätte besser mein –«

»Wir werden uns ein knisterndes Feuer im Kamin anmachen. Du wirst sehen, im Nu ist dir wieder warm.« Sie legte ihre Hand auf seinen Oberschenkel und ließ sie für einen Moment dort liegen. »Du wirst es nicht bereuen, mich gerettet zu haben«, sagte sie sanft, die Augen geradeaus auf den schmalen, kurvigen Weg geheftet.

Kerry lächelte.

Vielleicht wurde dies ein Abend, den er nie vergessen würde, dachte er bei sich.

Unvermittelt hielt Mandy den Wagen an. »Da wären wir.«

Sie stieg aus und ging zur Hütte hinüber. Kerry blieb neben dem Wagen stehen und beobachtete, wie sie mit dem Schlüssel im Schloss herumfummelte. Schließlich gelang es ihr, die Tür zu öffnen. Sie verschwand im Innern der Hütte, und ein paar Sekunden später ging eine große Außenlampe neben der Eingangstür an.

Der Rasen rings um die Hütte war kniehoch gewachsen, und überall wucherte das Unkraut. Offensichtlich hatte sich seit langem keiner mehr darum gekümmert. Im Schein der Außenlampe konnte Kerry erkennen, dass die Hütte recht groß war – wahrscheinlich gab es zwei oder drei Schlafzimmer. Sie war aus Kanthölzern und breiten Latten aus Pinienholz gebaut und machte einen ziemlich verwitterten und heruntergekommenen Eindruck. Eines der seitlichen Fenster hatte einen großen Sprung und war nur notdürftig mit Packpapier repariert worden. Ein kleines Tier, vielleicht ein Maulwurf oder ein Waschbär, huschte über den Weg, als Kerry zur Tür hinüberging. Vor Schreck stolperte er und wäre beinahe über ein dickes Büschel Unkraut gestürzt.

»Sieht ganz nett aus hier drinnen«, sagte Mandy, die plötzlich im Türrahmen auftauchte. Sie war blass und hatte in dem gelben Licht der Außenlampe beinahe etwas Gespenstisches an sich. »In der Speisekammer sind sogar noch ein paar Dosen. Nichts Aufregendes, aber wir werden auf jeden Fall nicht verhungern.«

Kerry fröstelte. »Lass uns den Kofferraum ausladen«, sagte er. »Mir ist kalt.« Er hörte gar nicht mehr auf zu zittern. War es nur wegen der Temperaturen?

Sie beugte sich vor und gab ihm ein flüchtiges, warmes Küsschen auf die Wange. »Ich hätte eine gute Idee, wie dir warm werden könnte«, sagte sie neckend. Bevor er reagieren konnte, rannte sie zum Auto und angelte unterwegs in der Tasche ihrer Jeans nach dem Schlüssel. Vorsichtig folgte Kerry ihr durch das Gewirr aus Unkraut und Gräsern, um ihr beim Ausladen zu helfen.

»Was war das?«, schrie sie plötzlich und klammerte sich an seinen Arm. In einiger Entfernung hörten sie etwas rascheln und knacken. Es klang, als liefe jemand über den gefrorenen Waldboden. »Wahrscheinlich Tiere«, sagte Kerry und versuchte zu verbergen, dass auch er Angst hatte. »Der Wald gehört schließlich ihnen.«

»Aber müssen sie denn unbedingt solch einen Lärm machen?«, fragte Mandy und hievte ihre Reisetasche aus dem Kofferraum.

Als sie ihr ganzes Gepäck hineingebracht hatten, schaute sich Kerry in der Hütte nach einem Telefon um. »Ich muss meinen Vater anrufen«, sagte er. »Wenn ich mich nicht bald bei ihm melde, wird er sämtliche Polizeikräfte mobilisieren, um mich zu suchen.« Die Küche war zwar klein, aber mit einem elektrischen Herd samt Backofen und einem Kühlschrank ausgestattet. Sogar eine Geschirrspülmaschine gab es. Die Wände waren mit einer scheußlichen gelb-rosa Blümchentapete tapeziert, die bereits ziemlich verblichen war und sich an manchen Stellen löste.

Das Telefon entpuppte sich als altmodischer schwarzer Apparat, der auf einem fleckigen Küchentresen stand. Kerry nahm den Hörer ab und begann zu wählen. Nichts. Das Telefon war tot. »Kein Freizeichen«, sagte er zu Mandy.

»Ach du liebe Güte«, erwiderte sie und machte ein betretenes Gesicht. »Es tut mir Leid. Wahrscheinlich haben sie es abgemeldet. Nach dem Sommer wird die Hütte nicht mehr oft benutzt.«

Kerry schauderte. »Hier drinnen ist es fast genauso kalt wie draußen«, sagte er ärgerlich. »Gibt es hier in der Nähe vielleicht einen Ort, wo ich telefonieren kann?«

Mandy zuckte mit den Schultern. »Keine Ahnung. Ich bin hier auch nur zu Besuch, weißt du.«

Kerry begann, in der kleinen Küche auf und ab zu laufen. »Und was soll ich jetzt tun?«, fragte er schließlich.

»Du kannst Feuerholz von draußen reinholen, damit wir es hier warm bekommen«, sagte Mandy beschwichtigend. »Du sorgst dafür, dass wir ein hübsches Feuerchen bekommen, und ich mache uns in der Zeit einen großen Becher heiße Schokolade.«

»Das klingt nicht schlecht«, stellte er fest, war in Gedanken allerdings immer noch bei der Frage, wie er seinen Vater erreichen sollte.

»Das ist mehr als nicht schlecht, du wirst schon sehen«, sagte sie einschmeichelnd. »Und dann werden wir die ganze Nacht aufbleiben und uns unsere Lebensgeschichten und unsere Probleme erzählen ... und sicher auch sonst noch was tun.«

Trotz seiner schlechten Laune lächelte Kerry. »›Sonst noch was‹ klingt interessant«, sagte er.

Mandy schob ihn zur Tür. »Hinter der Hütte ist ein kleiner Schuppen«, sagte sie. »Früher lag daneben immer ein großer Stapel Kaminholz. Am besten bringst du gleich ganz viel mit rein. Der Kamin ist ziemlich groß. Und ich liebe große Feuer.«

Kerry ging hinaus. Die Kälte schlug ihm ins Gesicht. Als er um die Hütte herum durch das hohe Gras stapfte, scheuchte er immer wieder kleine Tiere auf, die eilig davonhuschten. Seine Strümpfe wurden nass, und zu allem Überfluss blieb er mit dem linken Fuß in einer von Unkraut überwucherten Mulde hängen. Hinter der Hütte gab es kein Licht. Kerry wartete, bis seine Augen sich an die Dunkelheit gewöhnt hatten. Schließlich konnte er den Umriss eines niedrigen Schuppens erkennen und ging darauf zu. In der Nähe hörte er ein Tier aufheulen, und ein zweites erwiderte den Ruf aus einer anderen Richtung.

Was mache ich hier eigentlich?, fragte er sich. Vor ein paar Stunden war ich noch in meinem warmen Zuhause, saß gemütlich vor dem Fernseher und war in Sicherheit –

Nun ... er war nicht unbedingt in Sicherheit gewesen.

Jetzt war er wenigstens mit Mandy zusammen. Und weit weg von Donald.

Er nahm einen tiefen Atemzug. Die Luft war kalt, aber angenehm frisch. Es könnte auch alles schlechter aussehen, dachte er. Wenn er bloß seinen Vater erreichte ...

Er entdeckte das Feuerholz, fertig gehackte Scheite, die fein säuberlich neben dem Schuppen aufgestapelt waren. Er lud vier dicke Klötze auf seine Arme und machte sich damit auf den Rückweg. Das Holz war offensichtlich leicht angefroren. Kerry fragte sich, ob er in der Hütte wohl etwas zum Anzünden finden würde.

Mandy stand am Herd und rührte mit einem großen Holzlöffel in einem Topf. Kerry stolperte über die Türschwelle und hätte beinahe die Holzscheite auf dem Küchenfußboden verteilt. »Gut gemacht«, sagte Mandy und lachte. »Ich habe den Eindruck, du bist für das Leben auf dem Lande nicht gerade besonders geeignet.«

»Oh, ich bin ständig draußen«, sagte Kerry und merkte, wie sich seine Laune durch ihre Albereien etwas aufhellte. »Immer wenn ich nicht drinnen bin, bin ich eigentlich draußen.«

»Los, leg endlich die Scheite in den Kamin«, drängte

Mandy in scherzhaft tadelndem Ton. »Wenn wir in dem Tempo weitermachen, wird es wirklich eine lange Nacht!« Wieder lachte sie.

»Du bist offensichtlich bester Laune«, stellte Kerry fest.

Seine Bemerkung schien sie zu überraschen. »Oh. Tja ... ich ... ich nehme an, das liegt an dir.« Sie widmete sich wieder ihrem Topf.

Der andere Raum wurde offensichtlich als Wohn- und Esszimmer genutzt. Ein riesiger Kamin, der ordentlich ausgefegt war und den Eindruck machte, als sei er seit längerer Zeit nicht benutzt worden, nahm fast die gesamte Breite der hinteren Wand ein. Davor stand ein kleiner Esstisch aus lackiertem Eichenholz mit vier Stühlen. Auf der anderen Seite des Raumes befand sich eine Couch mit einem verschlissenen Kissen darauf. An der Wand über dem Sofa hing ein riesiger präparierter Elchkopf. Eine Hälfte des Geweihs fehlte, weshalb der Kopf leicht schief hing.

Nicht besonders luxuriös, dachte Kerry. Wenn kein Anmachholz da ist, kann ich die Stühle nehmen – oder den Elchkopf.

Aber dann fand er auf dem Kaminsims ein Körbchen mit Holzspänen und machte sich gleich an die Arbeit, um das Feuer in Gang zu bringen. Einen Augenblick später trat er stolz einen Schritt zurück. Ein paar der Späne hatten bereits Feuer gefangen, und schon bald begann es im Kamin vielversprechend zu knistern. Die dicken Scheite fingen an zu qualmen, glühten dann hier und da, und kurz darauf flackerten an ihren Ecken zaghaft die ersten kleinen Flammen auf.

»Nicht gerade ein loderndes Feuer«, sagte Mandy lächelnd und stellte zwei große graue Becher auf dem Esstisch vor dem Kamin ab.

»Nur die Ruhe«, gab Kerry zurück. »In ein paar Minuten wird sich dieser Raum in ein rasendes Inferno verwandelt haben, das verspreche ich dir.«

Auch diese Bemerkung schien Mandy zu überraschen. Sie sah Kerry neugierig an. »Setz dich«, sagte sie und zeigte auf seinen Becher. »Und trink die Schokolade. Sie wird dich wärmen.«

»Riecht gut«, sagte Kerry und setzte sich an den Tisch. Der Stuhl war hart und kalt. Er schaute ins Feuer. »Nicht schlecht. So langsam kommt es.«

»Wenn es erst richtig brennt«, sagte Mandy, »wird es ruckzuck im ganzen Raum warm.« Sie nippte an ihrer heißen Schokolade. »Mmmmmh … heiß und köstlich.«

Kerry nahm ebenfalls einen kleinen Schluck. Er verbrannte sich fast die Zunge, aber das machte ihm nichts aus. Er hatte einfach nur das Bedürfnis, warm zu werden. »Gut«, sagte er. Sie schauten sich über den Tisch hinweg in die Augen. Plötzlich fühlte Kerry sich sehr schüchtern. Ich glaub's einfach nicht, dachte er. Ich werde die Nacht mit diesem Mädchen verbringen! Er nahm wieder einen Schluck von der heißen Schokolade.

»Das … das wird bestimmt ein richtig nettes Feuerchen«, murmelte Mandy und starrte in die knisternden Flammen. Etwas knallte beim Verbrennen, und dicke Funken stoben von innen gegen das Schutzschild. »Es ist genau so, wie ich es mir vorgestellt habe.«

Kerry trank ausgiebig von seiner Schokolade. Allmählich wurde ihm etwas wärmer. »Was hast du dir denn vorgestellt?«, fragte er leise. Das Flackern des Feuers und die zuckenden Schatten der Flammen schienen ihn zu hypnotisieren.

»Wie bitte?«

»Du sagtest, es sei genau so, wie du es dir vorgestellt hattest.«

»Tatsächlich?« Er schien sie in Verlegenheit gebracht zu haben.

»Ich weiß selbst nicht, wie ich das gemeint habe. Wenn ich am Feuer sitze, werde ich immer ein wenig verträumt«, erklärte Mandy und griff quer über den Tisch nach seiner Hand. »Es ist so schade.«

Jetzt brachte sie ihn aber wirklich durcheinander. *Was* war schade? »Alles in Ordnung mit dir?«, fragte er.

»Klar«, sagte sie. Sie hielt immer noch seine Hand. »Schließlich bist du hier bei mir. Es wird wunderschön. Ist mit dir auch alles in Ordnung?«

»Ja, ich denke schon«, sagte er. Sein Rücken schmerzte. Mit einem Mal war ihm schon fast *zu* warm. »Das Feuer heizt einem ganz schön ein, findest du nicht?«, fragte er, zog sein Sweatshirt aus und warf es auf die Couch. Er nahm noch einen langen Schluck aus seinem Becher.

»Ich habe dir ja versprochen, dass es gemütlich und warm werden wird«, sagte Mandy sanft.

»Der Kakao schmeckt gut«, bemerkte er und stellte fest, dass sie immer noch seine Hand festhielt.

»Es ist ein altes Familienrezept, steht in keinem Kochbuch.«

»Du hast mir noch fast gar nichts von deiner Familie erzählt«, sagte Kerry und versuchte, ein Gähnen zu unterdrücken.

»Du willst doch gar nichts von meiner Familie hören. Du gähnst ja schon«, zog sie ihn auf und drückte seine Hand.

»Nein. Wirklich, es interessiert mich.« Er gähnte noch einmal. »Ich bin nur auf einmal so schläfrig. Es tut mir Leid. Ich nehme an, es kommt daher, dass mir eben noch so kalt war und jetzt so ... warm. Ist dir auch so heiß?«

Mandy lachte. »Ob mir *heiß* ist? Mach keine Scherze. Ich dachte, du wolltest etwas über meine Familie erfahren?«

Kerrys Kopf fühlte sich schwer an. Er hatte Mühe, die Augen aufzubehalten. Er schaute ins Feuer. Es war so warm in der Hütte, so still und friedlich ...

»Du siehst wirklich müde aus, armes Baby«, sagte Mandy. Sie beugte sich quer über den Tisch, senkte ihren Kopf und gab ihm einen Kuss auf den Handrücken. »Armes, armes Baby.«

»Ich bin gar nicht ... nicht ... wirklich ...« Kerry fielen die Augen zu. Er versuchte angestrengt, sie wieder zu öffnen. Er konnte Mandys Stimme hören. Sie sagte »armes, armes Baby«, und er hatte das Gefühl, dass sie es immer und immer wieder wiederholte. Aber es klang, als sei sie kilometerweit entfernt. Kilometer und Kilometer ... Das Feuer war grau geworden. Was war mit den Flammen geschehen? Es brannte immer noch lichterloh, aber er konnte keine Flammen erkennen ... nur grau ... nur grau ... Kerry fiel, fiel in einen tiefen, grauen Schlaf.

Fang mich auf. Fang mich auf, Mandy, dachte er noch.

Aber sie war kilometerweit weg. Armes Baby.

Kerry kam nur langsam wieder zu sich. Er fühlte sich völlig zerschlagen, sein Kopf war bleischwer. Das Feuer war heruntergebrannt und die schwarzen Scheite glommen immer noch schwach. Kerrys Rücken schmerzte. Er bemerkte, dass er nach wie vor an dem kleinen Esstisch saß.

Sein Kopf tat so weh!

Kerry versuchte aufzustehen.

Aber es gelang ihm nicht.

Die Tatsache, dass er nicht aufstehen konnte, ließ ihn endgültig aufwachen.

Er stellte fest, dass seine Hände auf seinem Rücken mit einem dicken Seil gefesselt waren.

Wieder versuchte er, von dem Stuhl hochzukommen.

Aber auch seine Knöchel waren zusammengebunden und an die Stuhlbeine gefesselt.

»Armes Baby«, sagte Mandy, die auf der anderen Seite des Tisches stand. Sie grinste. Ihre blassblauen Augen, die normalerweise keine Gefühle erahnen ließen, sprühten jetzt vor Leben.

»Armes Baby«, wiederholte sie. »Jetzt bist du wach.«

Kapitel 18

Aufwachen, Kerry! Aufwachen! Das ist der schlechteste Traum, den du je gehabt hast, sagte er zu sich selbst.

»Es ist leider kein böser Traum«, sagte Mandy, die seine Gedanken offenbar erraten hatte und voller Genugtuung beobachtete, wie er darum kämpfte, sich zu befreien. »Zieh nicht so fest. Du wirst dir noch die Handgelenke einschneiden.«

»Mandy – lass doch den Blödsinn! Was soll denn das? Was zum Teufel hast du hier eigentlich gemacht?«

»Es ist genau so, wie ich es mir vorgestellt habe«, sagte sie lächelnd. Aufgeregt fuhr sie sich mit den Händen durch die Haare. »Ich kann es gar nicht glauben!«

»Ich auch nicht«, sagte Kerry, der sich immer noch mit seinen Fesseln abmühte. »Bind mich los, Mandy. Das ist nicht komisch.«

»Nicht komisch? Natürlich ist das komisch, mein lieber Kerry! Und es wird noch viel komischer werden.«

»Was bildest du dir eigentlich ein. Könntest du mir bitte erklären –«

»Es ist perfekt! Einfach perfekt!«, strahlte sie und klatschte in die Hände. »Ich will noch gar nicht anfangen. Ich möchte dir lieber noch ein bisschen zusehen. Aber ich muss wohl.«

»Du musst was?«, schrie Kerry in plötzlicher Panik.

»Nun, das Werk zu Ende bringen, das ich begonnen habe«, erklärte sie in einem Tonfall, als ob die Frage eigentlich überflüssig gewesen sei.

»Wie hast du es bloß geschafft, mich zu fesseln?«, fragte Kerry.

»Ich habe ein bisschen Schlafpulver in deinen Kakao gerührt. Wie denn sonst? Du bist wirklich ziemlich naiv, Kerry.«

»Naiv? *Ich* soll naiv sein? Das ist doch das Bescheuertste, was ich je gehört habe! Mandy – bind mich jetzt endlich los!«

»Tut mir Leid«, sagte sie, immer noch breit grinsend. »Ich muss die Sache zu Ende bringen.«

»Was zu Ende bringen? Hättest du die Freundlichkeit, es mir zu erklären?«

»Es hat *so* lange gedauert«, sagte sie verträumt. Offensichtlich drang sein Protest überhaupt nicht zu ihr durch. »Ich habe wirklich hart daran gearbeitet ...«

»Gearbeitet? Was meinst du? Lass mich gehen!« Kerry zerrte heftig an den Seilen und schrie dann auf, als er spürte, wie sie in seine Haut schnitten. Er sank wieder auf den Stuhl zurück und beschloss, es nicht noch einmal zu versuchen. »Das ist wirklich ein schlechter Scherz, Mandy. Ich weiß, dass du stolz darauf bist, impulsiv und ein bisschen durchgeknallt zu sein, aber –«

»Durchgeknallt?« Ihre Augen flammten zornig auf. Sie begann, aufgebracht hin und her zu laufen, und blitzte ihn dabei wütend an. »Ich bin nicht durchgeknallt. Sag mir nie wieder, dass ich durchgeknallt bin, Kerry. Sag es nie wieder!«

Unwillkürlich musste er lachen. »Okay. In Ordnung. Du bist nicht durchgeknallt. Was ist schon verrückt daran, einen Menschen in eine einsame Hütte im Wald zu verschleppen, ihn unter Drogen zu setzen und an einen Stuhl zu fesseln? Ist doch total normal!«

»*Halt die Klappe*!«, kreischte sie. Aus ihren Augen sprach plötzlich der nackte Hass. »Okay. Vielleicht wird dir *das* ja deine Lage erklären!«

Sie kniff mit zwei Fingern ihre Nase zu. Dann sagte sie mit einer seltsam verzerrten, schrill klingenden Stimme – einer Stimme, die Kerry wohl bekannt war: »Die Zehenknochen hängen am Fußknochen ... der Fußknochen hängt am Knöchel ...«

»*Nein*!«, schrie Kerry entsetzt auf. »*Du* warst das! Du hast mich angerufen?«

»Zehn Punkte für dich«, zischte sie leise. Vor Hass hatten sich ihre Augen zu zwei schmalen Schlitzen verengt. Sie drehte sich halb von ihm weg, als könne sie es nicht mehr ertragen, ihn anzusehen.

»Aber warum bloß, Mandy – warum?«

»Die Knöchel hängen an den Unterschenkelknochen ... die Unterschenkelknochen hängen am Kniegelenk ...«, kreischte sie mit wütend verzerrter Stimme. Sie begann wieder auf und ab zu gehen, schneller und schneller. Es war, als ob sie es nicht ertragen könnte, an einem Platz stehen zu bleiben.

»Mandy – und die anderen Dinge ... die rote Farbe in meinem Spind ... die aufgeschlitzten Reifen ...«

Sie lachte und wandte sich ihm wieder zu, um ihn anzusehen. »Du kapierst schnell, Kerry Baby. Aber leider nicht schnell genug.«

Er starrte in ihr Gesicht. Sie hatte sich in einen völlig anderen Menschen verwandelt. Der blanke Wahnsinn blickte aus ihren Augen, und die Haare standen ihr vom Kopf ab, als stünden sie unter Strom.

Er versuchte nachzudenken, was er tun konnte, was er ihr sagen konnte, damit sie ihn frei ließ. Er *musste* frei kommen! In diesem Zustand war sie zu *allem* fähig!

»Mandy«, sagte er ruhig. »Komm, setz dich hin. Erzähl mir, warum du so wütend bist. Lass uns wie erwachsene Menschen darüber reden –«

Sie kam auf ihn zu und näherte ihr Gesicht dem seinen, so dass sich ihre Nasenspitzen beinahe berührten. »Die Zehenknochen hängen am Kniegelenk ... das Kniegelenk hängt an der Halswirbelsäule ... die Halswirbelsäule hängt an dem Knochenbruch ... Ha ha!«

Sie umklammerte seinen Kopf. Er versuchte, ihn wegzudrehen, aber es gelang ihm nicht. Sie presste ihre Lippen auf seinen Mund, fester und fester, und Kerry fühlte, wie das Blut an seinem Kinn hinunterlief. Dann richtete sie sich unvermittelt auf und gab ihm eine Ohrfeige.

»Zeit anzufangen«, sagte sie beängstigend ruhig.

»Mandy, bitte –«

Sie verschwand aus seinem Gesichtsfeld. Kerry zerrte an seinen Fesseln, aber sie gaben kein bisschen nach. Als Mandy wieder auftauchte, hielt sie das lange hölzerne Schlagholz in der Hand. »Zeit, mein Versprechen einzulösen«, sagte sie. Sie schien völlig weggetreten zu sein.

»Du bist verrückt! Einfach verrückt!«, kreischte er und bereute es im selben Moment.

In ihren Augen flackerte wieder der Zorn auf. »Schrei so laut du willst. Ich werde es genießen«, sagte sie und lächelte ihn böswillig an. »O Mann, wie ich es genießen werde!«

»Es tut mir Leid«, sagte Kerry verzweifelt. »Wirklich. Ich hab's nicht so gemeint. Lass uns darüber reden. Mandy, bitte. Du und ich, wir beide, wir können –«

»Ja. Wir beide«, sagte sie sanft. »Aber zuerst muss ich mein Versprechen einlösen.«

»Wovon in aller Welt redest du? Welches Versprechen?«

»Dir jeden einzelnen Knochen deines Körpers zu brechen.« Sie hob das Schlagholz auf ihre Schulter. Es schien schwer zu sein, denn sie hatte Mühe, es auszubalancieren. »Einen nach dem anderen, einen nach dem anderen. Jeden Knochen. Jeden und jeden einzelnen.«

»Aber, Mandy –« Kerry erkannte plötzlich, dass sie es todernst meinte. »Warum? Sag mir wenigstens, warum!«

Sie kam wieder auf ihn zu. Das Schlagholz schwankte auf ihrer Schulter. Ihre blauen Augen, in denen man die Pupillen fast nicht mehr erkennen konnte, brannten sich in seine. Ihr Gesicht mit den wirr vom Kopf abstehenden Haaren schien in Flammen zu stehen. »Kerry – soll das etwa heißen, du weißt es nicht?«

»Wissen? Was denn wissen?«

Sie machte eine lange, lange Pause.

Und dann sagte sie: »Amanda war meine Schwester.«

Kapitel 19

»Amandas – Schwester?« Kerry jaulte förmlich auf. Das Herz schlug ihm bis zum Hals. Obwohl das Feuer mittlerweile ausgegangen und der Raum merklich abgekühlt war, stand ihm der Schweiß auf der Stirn. »Das ist doch nicht möglich! Ich kann mich nicht erinnern –«

»Du erinnerst dich sowieso nicht an *viel*, nicht wahr?«, schleuderte Mandy ihm entgegen. Er versuchte nach ihr zu schnappen, was ihm natürlich nicht gelang. Sie fuhr zurück, den dunkelroten Mund voller Abscheu verzerrt. »Es war so bequem für dich, dass du dich an nichts erinnern konntest, nicht wahr, Kerry? Aber ich kann mich erinnern, ich kann mich an jede Einzelheit erinnern!«

»Es war ein Unfall. Ich –«

»Du scheinst ja oft Unfälle zu haben, armes Baby. Oh, wie hat meine Familie wegen deines *Unfalls* gelitten – wie habe *ich* gelitten! Und du, du Schleimer, du bist ungeschoren davon gekommen, was? Und *warum* bist du ungeschoren davon gekommen?«

»Davongekommen? Ich –«

»Weil dein alter Herr ein Polizist ist! Du bist davongekommen! Nicht einmal ein Gerichtsverfahren hat es gegeben. Tja, Kerry Baby, jetzt ist die Zeit reif für deine Verhandlung. Und ich schwöre dir, dass ich Gerechtigkeit für meine Schwester erlangen werde. Ich schwöre, ich werde dir jeden einzelnen Knochen deines Körpers brechen, so wie du ihre gebrochen hast.«

»Ich bin sicher, dass mein Vater nichts unternommen hat, damit –« Kerry bemerkte, dass sie ihm gar nicht zuhörte. Sie war wie von Sinnen.

Mandy ließ das Schlagholz zu Boden gleiten und kniete sich vor Kerry hin. Er versuchte nach ihr zu treten, aber sein Fuß war zu dicht an das Stuhlbein gefesselt. Er konnte ihn nicht bewegen. Sie umfasste sein linkes Bein. »Hey – was hast du –«

Sie zog ihm den linken Schuh aus. Dann angelte sie nach seinem anderen Bein und zog ihm auch den rechten Schuh aus. Mit keuchendem Atem riss sie seine Strümpfe herunter und warf sie in den Kamin. Ihre Fingernägel kratzen dabei an seinen Unterschenkeln entlang.

Dann stand sie auf und nahm wieder das Schlagholz in die Hand. »Lass uns mit den Zehenknochen anfangen und uns dann langsam hocharbeiten«, sagte sie leise.

Sie hob das Schlagholz.

»Nein«, bettelte Kerry. »Bitte nicht!«

Mandy stieß einen Schrei aus und schlug mit voller Wucht zu.

Dieses Mal war es wirklich sein eigener Knochen, den er splittern hörte.

Kerry brüllte vor Schmerzen. Der Schrei platzte ohne sein Zutun aus seiner Kehle und wollte gar nicht mehr aufhören. Die Schmerzen schossen die ganze linke Körperseite hinauf, Schmerzen, die ihn aufheulen ließen, die ihm die Tränen in die Augen trieben und jeden Muskel seines Körpers anspannten, die ihn lähmten, bis von ihm nichts, nichts mehr übrig blieb als dieser Schrei, dieser verzweifelte, panische Schrei.

Als er die Augen öffnete, hob sie gerade wieder das Schlagholz vom Boden auf.

»Armes Baby«, sagte sie eiskalt. »Irgendwas ist mit deinen Zehen passiert. Lass mich mal sehen, was ich mit dem anderen Fuß machen kann. Okay?«

Kerry konnte nichts sagen, nicht einmal mehr betteln. Er war wie gelähmt. Er schloss die Augen, als sie das Schlagholz erneut hoch in die Luft hob.

Die Schmerzen in seinem linken Fuß waren unbeschreiblich. Und jetzt war sie dabei, sie auch seinem anderen Fuß zuzufügen.

»Was ist los, Kerry?«, fragte sie ihn in einem aufgesetzt neckenden und freundlichen Tonfall. »Kannst du es nicht ertragen, hinzuschauen? Okay. Du hast Glück, ich habe gute Laune.« Sie ging zum Sofa hinüber und hob unter großer Anstrengung den Elchkopf mit dem halben Geweih von der Wand. Dann schlitzte sie den Kopf von der Unterseite her auf und riss hektisch das Stopfmaterial heraus, das in großen Flocken zu Boden fiel.

»Neeeeiiinn«, entfuhr es Kerry. Sein Fuß pochte immer noch wie verrückt, aber der Schmerz war immerhin so weit in den Hintergrund getreten, dass seine Stimme wieder funktionierte. »Mandy, nneeiinn –«

Sie hob den Elchkopf in die Höhe und zwängte seinen

Kopf mit Gewalt hinein. Er stank widerlich nach Moder und Fäulnis. Kerry keuchte und versuchte, den Atem anzuhalten. Verzweifelt drehte er seinen Kopf von einer Seite auf die andere, aber der Elchkopf saß absolut fest und umhüllte ihn mit seiner Dunkelheit und seinem Gestank.

»Steht dir gar nicht schlecht«, stellte Mandy fest. »Schade, dass ich keinen Fotoapparat dabei habe.« Sie lachte. Er konnte das schleifende Geräusch hören, mit dem sie das Schlagholz von dem Dielenboden aufhob.

Kerry brauchte nichts sehen, um zu wissen, was jetzt folgen würde. Sie würde ihm mit voller Wucht auch den rechten Fuß zerschmettern.

»Die Zehenknochen hängen am Schädelknochen ... der Schädelknochen hängt am Elchknochen ...«

Kerry schloss die Augen und versuchte erneut, den Atem anzuhalten. Dann fühlte er, wie die Übelkeit wie eine heftige Woge aus seinem Magen hochstieg.

»Okay, Kerry Baby ... jetzt geht's los«, sagte sie glücklich.

Kapitel 20

Kerry war in der Dunkelheit des widerwärtigen Tierkopfes gefangen und wartete auf die nächste Attacke. Ihm war schwindelig, und er spürte, wie sich sein Magen umdrehte.

Irgendetwas krabbelte über seine Stirn. Das ist nur ein Schweißtropfen, nur ein Schweißtropfen, beschwor er sich selbst. Aber er wusste, dass es ein Insekt war. Womöglich wimmelte es im Innern des Elchkopfes vor Insekten. Kerry hatte das Gefühl, ohnmächtig zu werden. Sein Realitätssinn schien ihm zu entgleiten.

Ein lauter Knall ließ ihn wieder zu sich kommen. Es klang, als werde eine Tür eingeschlagen.

»Nein! Geh raus!«, hörte er Mandy brüllen.

Dann vernahm er Geräusche, die nach einer Rauferei klangen, Füße, die über den Holzboden schleiften, Körper, die schwer gegen die Möbel stießen. »Geh weg! *Geh weg*!«, kreischte Mandy immer wieder. Ihre aufgebrachte Stimme drang nur gedämpft durch den stinkenden Tierkopf.

War das Donald? Hatte Donald sie gefunden? War Donald gekommen, um die Arbeit zu Ende zu bringen, die sie begonnen hatte? Kerry wand sich abermals in seinen Fesseln in dem Versuch, sich zu befreien, aber es hatte keinen Zweck.

Stühle wurden umgestoßen. Das Schlagholz krachte zu Boden. Dann folgte laut scheppernd das Kaminbesteck aus Metall, das neben dem Esstisch an der Wand gehangen hatten. »Lass mich in Ruhe! Geh weg!«

»Hör auf damit, Nancy. Schluss jetzt!«, rief eine männliche Stimme, keuchend vor Anstrengung.

War es Donald? Kerry konnte es nicht sagen. Der schwere Elchkopf dämpfte alle Geräusche. Seine Stirn juckte wie verrückt. Hunderte kleine Füße liefen kreuz und quer darüber hinweg.

Nancy?

Er musste sich wohl verhört haben.

»Ich will ihn fertig machen!«, schrie Mandy. »Ich will mich um ihn kümmern!«

»*Ich* werde mich um ihn kümmern«, gab die Männerstimme zurück.

Ja ... es klang wie Donald.

Sie kämpften offensichtlich um das Schlagholz und darum, wer von ihnen Kerry damit zu Brei schlagen durfte.

Geschirr zersprang. Irgendetwas Schweres schlug gegen das Fenster. Er konnte Glas splittern hören. Wieder das Schleifen von Füßen.

»Nancy – hör auf! *Ich* kümmere mich um ihn. Stopp! Ich will dir nicht wehtun!«

»Hau ab! Hau ab! *Hau ab!*«

Dann vernahm Kerry einen Schmerzensschrei. Er hörte, wie ein Körper zu Boden ging.

Stille.

Stille.

Fußschritte. Sie kamen auf ihn zu.

Jemand stellte sich vor ihn hin. Er fühlte die Wärme eines anderen Körpers.

Er wartete.

Er wollte schreien.

Aber er wartete.

Jemand stand vor ihm und schaute ihn an.

Jemand hob den Elchkopf hoch.

Das Licht blendete. Kerry spürte die kühle Raumluft auf seinem erhitzten Gesicht.

»*Donald*!«, rief er.

»Happy Halloween!«, sagte Donald leise. Er hielt immer noch den Elchkopf in der Hand. Mit der anderen Hand umklammerte er das Schlagholz.

Im grellen Licht der Hütte wirkte sein Bruder älter, als Kerry ihn in Erinnerung hatte. Seine Augen schienen kleiner geworden zu sein und lagen in dunklen Höhlen. Er stand mit gesenktem Kopf vor ihm, spindeldürr, das blonde Haar ganz kurz geschnitten.

Donald starrte auf seinen Bruder hinunter, das Schlagholz in der Hand. Er hatte den Elchkopf zu Boden fallen lassen und mit dem Fuß fortgestoßen.

Das wär's also, dachte Kerry. Donalds großer Moment. Er hatte über ein Jahr darauf gewartet, sich rächen zu können, und jetzt würde es ihm gelingen. Kerry blickte zur Seite und sah, dass Mandy mit dem Gesicht nach unten vor dem Kamin auf dem Boden lag.

Er hat sie zusammengeschlagen, damit sie ihm nicht im Weg ist, dachte Kerry. Donald hob das Schlagholz hoch. Kerry holte keuchend Luft.

Donald warf das Schlagholz beiseite.

»Sieht aus, als führtest du ein interessantes Leben«, sagte er, und langsam breitete sich ein Lächeln auf seinem Gesicht aus. Rings um seine müden Augen erschienen die vertrauten Lachfältchen.

»Donald, ich bin – es tut mir Leid –«, platzte Kerry heraus.

»Es tut *dir* Leid?«, fragte Donald sanft. »Ich bin derjenige, dem es Leid tut, Ker. Ich hatte ja keine Ahnung, dass sie so weit gehen würde. Wirklich ...«

»Ist sie – ist sie –« Kerry schaute zu Mandys leblosem Körper hinüber.

»Ich habe ihr einen leichten Schlag versetzen müssen«, sagte Donald. »Sie wird's überleben.« Er kniete sich hin und begann, die Fesseln an Kerrys Knöcheln loszubinden. »Mein Fuß ...«, begann Kerry. Der pochende Schmerz war beinahe nicht auszuhalten.

»Sieht aus, als hättest du ein paar Zehen gebrochen«, stellte Donald fest und löste den letzten Knoten. »Es tut mir so Leid! Ich hatte so gehofft, ihr zuvorzukommen. Aber irgendwie hat sie es immer geschafft, mir zu entwischen.« Er begann, Kerrys Beine zu massieren, um die Blutzirkulation in Gang zu bringen.

»Ich verstehe das Ganze nicht«, sagte Kerry. In seinem Kopf drehte sich alles.

»Ich wollte sie in einer ruhigen Minute abfangen«, sagte Donald kopfschüttelnd. »Ich hoffte, ich könnte mit ihr reden und sie zur Vernunft bringen. Aber ich habe mich geirrt. Es tut mir Leid, Ker. Es war alles meine Schuld. Ich hatte dich angerufen, weil ich dich vor ihr warnen wollte. Aber du hast einfach aufgelegt.«

»Das war ein Versehen, Donald. Ich habe – warum hast du es nicht noch einmal versucht?«

Donald zuckte mit den Achseln. Seine Augen sahen auf einmal traurig aus. »Ich dachte, dass du und Dad vielleicht nichts von mir hören wolltet. Da ich dich letztes Jahr beinahe umgebracht hätte, glaubte ich, dass es dir vielleicht lieber wäre, wenn ich dich in Ruhe lasse. Also habe ich versucht, die Sache auf eigene Faust in den Griff zu bekommen. Ich wollte sie aufhalten, ohne irgendjemanden unnötig in Aufregung zu versetzen. Es ist mir ja auch fast gelungen. Fast.«

Er hatte eine von Kerrys Händen freibekommen. Kerry versuchte, sie anzuheben, aber der ganze Arm war taub und kribbelte wie verrückt. Donald widmete sich der anderen Hand.

»Du meinst, dass Mandy –«, begann Kerry, der nicht recht verstand, was Donald da sagte.

»Sie heißt nicht Mandy«, bemerkte Donald überrascht. »Hat sie dir gesagt, ihr Name sei Mandy? Mannomann.« Er pfiff leise durch die Zähne, so wie er es immer tat, wenn er überrascht war. Kerry hatte dieses vertraute Pfeifen seit über einem Jahr nicht mehr gehört. »So habe ich Amanda damals genannt. Sie heißt Nancy. Nancy Kelly.«

»Ich glaub's einfach nicht«, sagte Kerry. Allmählich kehrte das Gefühl in seinen Arm zurück. »Als Nächstes erzählst du mir wahrscheinlich, dass ich gar nicht Kerry bin, sondern Murray Peterson aus Nome in Alaska.«

»Ganz genau«, sagte Donald. »Und ich bin der große Halloween-Kürbis.«

Kerry schnitt eine Grimasse, während Donald sich abmühte, den letzten Knoten an seinem Handgelenk zu lösen. Kerry versuchte gar nicht erst, die Hand zu bewegen. Auch dieser Arm war völlig taub.

»Wie kann sie denn Amandas Schwester sein, wenn sie Nancy Kelly heißt?«, fragte Kerry.

»Sie ist gar nicht Amandas Schwester«, sagte Donald mit einem verbitterten Stirnrunzeln. »Sie bildet sich das nur ein.«

»Aber sie hat erzählt –« Kerry hielt inne. Er wusste nicht, was er sagen sollte. Eine Million Fragen formten sich gleichzeitig in seinem Gehirn.

»Sie denkt, dass sie Amandas Schwester ist«, erklärte Donald sanft. »Sie glaubt es wirklich. Nancy ist sehr krank. Ich habe allerdings nicht geahnt, *wie* schlimm es ist. Ich hätte viel früher eingreifen müssen und nicht riskieren dürfen, dass sie dir wehtut. Ich hätte nicht –« Er zögerte.

»Hättest nicht *was*?«, drängte Kerry.

»Ich hätte ihr nicht die ganze Geschichte erzählen dürfen, von mir und Amanda, und von dir und dem Unfall. Aber was sollte ich denn sonst erzählen, da oben in diesem Krankenhaus?«

»Willst du damit sagen, dass sie auch dort war?«, fragte Kerry entgeistert.

»Ja, das arme Mädchen hat fast ihr ganzes Leben in dieser Nervenheilanstalt verbracht. Sie hat früher schon immer wieder fremde Identitäten angenommen. Sie versteckt sich sozusagen in dem Leben eines anderen Menschen. Ich habe ihr alles von dem Unfall erzählt und warum ich in die Anstalt gekommen bin. Ich habe ihr sogar von dieser Hütte hier erzählt, die Amandas Eltern gehört.

Sie hat sich offensichtlich alles ganz genau eingeprägt«, fuhr Donald fort. »Sie hat jedes Detail, das ich ihr erzählt habe, in sich aufgesogen. Und ich vermute, sie ist dann einfach in diese Geschichte hineingeschlüpft und hat eine Rolle für sich darin geschaffen, indem sie Amandas Schwester wurde. Was war ich nur für ein Idiot! Ich war so einsam, deshalb habe ich mich mit ihr unterhalten. Ich habe ihr viel zu viel erzählt.

Als sie aus der Klinik ausgebrochen war, wusste ich sofort, wo sie hinwollte, was sie vorhatte. Ich *wusste* es einfach.«

»Also hast du dich entschlossen, ihr zu folgen?«, fragte Kerry, der seinen Bruder unverwandt ansah.

»Ich glaubte, sie sicher zurückbringen zu können, wenn ich nur die Gelegenheit bekäme, mit ihr zu reden«, gab Donald zurück und schaute zu Nancys bewegungslosem Körper hinüber. »Also habe ich den richtigen Moment abgepasst und bin abgehauen. Die Ärzte werden es sicher verstehen, wenn ich es ihnen erkläre. Ich wäre sowieso in ein paar Tagen entlassen worden. Also … Ich bin ihr gefolgt. Ich wusste, dass sie bei einer Freundin unterschlüpfen würde, die in unserer Nähe wohnt. Ich wollte sie unbedingt zur Vernunft bringen und sie dann in die Klinik zurückbegleiten. Die ganze Geschichte war mein Fehler.

Heute Abend hätte ich sie beinahe erwischt, Ker. Aber sie hat mich gehört und mich im Keller eingeschlossen …«

Während Donald mit sorgenvollem Gesicht und voller Reue fortfuhr, ihm die ganze Geschichte zu erzählen, bemerkte Kerry aus dem Augenwinkel, dass Nancy anfing, sich zu bewegen. Benommen kam sie auf die Füße. Mit Augen, in denen der blanke Hass geschrieben stand, griff sie nach dem Schlagholz und schlich sich von hinten an Donald an.

Donald bemerkte offenbar nichts. Er hatte ihr den Rücken zugewandt, blickte unablässig Kerry an und redete.

Dann ging alles plötzlich sehr schnell. Kerry konnte

nicht schreien und hatte das Gefühl, keinen einzigen Schritt auf seinen tauben Beinen machen zu können. Aber er hatte keine Wahl, er musste es versuchen. Verzweifelt zog er sich von dem Stuhl hoch, stolperte unter Schmerzen einen Schritt nach vorn und warf sich mit dem ganzen Gewichts seines Körpers auf Nancy. Das Schlagholz flog ihr aus der Hand und fiel zu Boden. Donald wirbelte überrascht herum und taumelte einen Schritt rückwärts.

»Er hat meine Schwester getötet! Er hat meine Schwester getötet!«, kreischte Nancy wieder und wieder.

Kerry umfing sie mit seinen Armen und versuchte sie festzuhalten. Aber sie wehrte sich heftig, kreischte und schrie und trommelte wie wild mit den Fäusten gegen seinen Brustkorb. Kerry und Donald hielten sie an den Schultern fest und warteten, bis ihre Hiebe schwächer wurden. Schließlich stieß sie einen schwachen Schrei aus und brach auf dem Fußboden zusammen.

»Armes Ding«, murmelte Donald.

Kerry humpelte zu dem Stuhl zurück. Sein Fuß pochte grauenhaft.

»Das war ein toller Angriff, Ker«, sagte Donald. »Wir sollten uns noch einmal gut überlegen, auf welcher Position wir dich in Zukunft beim Football einsetzen.«

»Lass uns bloß nicht über Football reden«, stöhnte Kerry auf.

Von weitem war plötzlich ein Martinshorn zu hören. Nur wenige Augenblicke später fiel das Scheinwerferlicht eines Polizeiwagens durch eines der Fenster in die Hütte. »Da kommt die Kavallerie, um uns zu retten«, sagte Donald.

»Du meinst –«, begann Kerry überrascht.

»Kurz bevor ich mich auf den Weg hierher gemacht habe, habe ich Dad angerufen. Sieht ganz danach aus, als könnten wir gleich eine glückliche Familienzusammenführung feiern.«

Kerry strahlte. Für einen Moment vergaß er sogar seinen schmerzenden Fuß.

Donald hob den Elchkopf auf und warf ihn Kerry zu. »Hier, Ker, schnell – zieh das wieder auf. Dads Leben ist immer so eintönig. Wir wollen ihm ein bisschen Abwechslung verschaffen ...«

* * *

Ein paar Tage später konnte Kerry wieder zur Schule gehen. Er mühte sich mit seinen Krücken ab, und seine Arme schmerzten schon bald von der ungewohnten Belastung. Vor dem Eingang traf er Sal Murdoch – ebenfalls auf Krücken.

»Nachmacher«, sagte Sal höhnisch.

»Selber«, gab Kerry zurück. Es war zwar nicht besonders originell, aber Sal lachte trotzdem.

»Hey, Kleiner – komm mal her!«, hörte er jemanden rufen. Es war Josh, der wild gestikulierend aus der anderen Richtung auf den Haupteingang zukam. Kerry humpelte ihm so schnell er konnte entgegen, verfing sich mit seinem rechten Fuß in der Krücke und wäre beinahe vornüber hingefallen.

»Ich dachte, du könntest mir vielleicht die Bücher tragen«, sagte Josh.

»Sehr komisch«, knurrte Kerry und trat mit seinem gesunden Fuß nach Josh.

»Willst du nachher mitfahren?«

»Klar«, sagte Kerry.

»Tja, das wird aber leider nichts. Du weißt doch, dass ich kein Auto habe.«

»Du bist ja mal wieder irre komisch heute, Josh«, bemerkte Kerry und lehnte sich auf seine Krücken. »Diesen Gag wirst du wohl nie leid, was?«

»Und du wirst es nie leid, drauf reinzufallen!«

»Tja ...«

»Hör mal, Kerry, ich wollte dich fragen, ob du mir einen Gefallen tun kannst ...«

»Kommt nicht in Frage«, sagte Kerry grinsend.

»Hm ... meine Kusine Sarah kommt dieses Wochenende zu Besuch. Sie ist eigentlich ganz nett und ziemlich hübsch. Ich könnte mir vorstellen, dass du sie magst. Ich habe mich gefragt, ob du vielleicht Lust hättest –«

»Ich *glaub's* einfach nicht!«, rief Kerry und erhob drohend seine rechte Krücke. »Ein Blind Date! Willst du mir ernsthaft ein Blind Date andrehen?«

»Wow ...« Josh wich zurück. »Daran hab ich gar nicht gedacht. Stimmt ja. Tut mir Leid. Hm ... vielleicht ein anderes Mal. Sorry.« Er drehte sich um und machte Anstalten, davonzugehen.

»Hey, warte mal! Josh!« Kerry hüpfte auf einem Bein so schnell er konnte hinter seinem Freund her. »Warte doch mal! Nicht so schnell! Wir können doch noch mal drüber reden ... Wie sieht sie denn aus?«

Das Buch

Kerry Hart hat echte Probleme. Beim Football-Training bricht er dem Star der Mannschaft ein Bein. Obwohl es ein Unfall war, wird er aus dem Team geworfen, und die anderen Spieler meiden ihn. Zudem droht ihm ein mysteriöses Mädchen nachts am Telefon damit, ihn zu töten. Doch er erhält auch einen Anruf, der ihn hoffen lässt. Ein unbekanntes Mädchen will sich mit ihm zu einem »Blind Date« verabreden. Von ihrer hinreißenden Stimme fasziniert, lässt er sich auf das Treffen ein – ihre impulsive Art fasziniert und erschreckt ihn zugleich. Und da ist noch die Sache mit seinem Bruder, der schon seit einem Jahr verschwunden ist. Wieso kann sich Kerry nicht erinnern, was damals mit ihm geschah?

Der Autor

Robert Lawrence Stine wurde 1943 in Columbus/Ohio geboren. Bereits mit neun Jahren entdeckte er seine Liebe zum Schreiben. Zunächst arbeitete er an TV-Serien und Abenteuergeschichten, seit 1986 aber widmet er sich nur noch dem Horror. Seine »Gänsehaut«-Romane und die Serie »Fear Street« lehrten Millionen Jugendliche das Fürchten. Laut der Zeitung *USA Today* war R. L. Stine damit 1999 der erfolgreichste Kinderbuchautor aller Zeiten. Heute lebt er mit seiner Frau Jane und seinem Sohn Matt unweit des Central Park in New York.

HEYNE
BÜCHER